*Pessoa breve*

Fernando Pessoa

# NOVELAS POLICIÁRIAS
uma antologia

# Fernando Pessoa

# NOVELAS POLICIÁRIAS
uma antologia

*edição*
Ana Maria Freitas
Fernando Cabral Martins

ASSÍRIO & ALVIM

**Novelas Policiárias: uma antologia**
Fernando Pessoa

Publicado por
Assírio & Alvim (www.assirio.pt)

© Fernando Cabral Martins
© Ana Maria Freitas
© Porto Editora, 2016

1.ª edição: março de 2017

Assírio & Alvim é uma chancela da
Porto Editora

Reservados todos os direitos. Esta publicação não pode ser reproduzida, nem transmitida, no todo ou em parte, por qualquer processo eletrónico, mecânico, fotocópia, gravação ou outros, sem prévia autorização escrita da Editora.

Distribuição **Porto Editora**

Rua da Restauração, 365
4099-023 Porto
Portugal

**www.portoeditora.pt**

Execução gráfica **Bloco Gráfico**
Unidade Industrial da Maia.

DEP. LEGAL 421633/17
ISBN 978-972-37-1961-1

Este livro respeita
as regras do Acordo Ortográfico
da Língua Portuguesa.

SEJA ORIGINAL!
DIGA NÃO
À CÓPIA
RESPEITE OS DIREITOS DE AUTOR

A cópia ilegal viola os direitos dos autores.
Os prejudicados somos todos nós.

# NOTA INTRODUTÓRIA

Fernando Pessoa escreveu as suas novelas policiárias durante várias décadas. Concebeu-as como um conjunto, intimamente interligado e em progressão. O conceito desenvolvido implicava um cruzamento dos normativos do género narrativo, muito codificado, com o universo pessoano próprio. Estas ficções partem de algumas traves mestras do policial — o detetive omnisciente, o crime como motor da narrativa, a epifania final, o jogo entre autor e leitor — para construir textos de maior complexidade, centrados em diferentes áreas do raciocínio, com alguém que não é exatamente um detetive, mas um decifrador. Apreciador e conhecedor profundo de toda a história do policial, desde os primórdios do género, onde Edgar Poe e Wilkie Collins marcam presença, Pessoa mantinha-se a par de tudo o que de novo era editado, no Reino Unido sobretudo, mas não só, numa época em que a formação de um público leitor e o surgimento de novos autores e de novos títulos, comprovavam uma crescente popularidade.

Pessoa iniciou a escrita deste tipo de textos bem cedo, ainda em Durban e em inglês, e continuou-a ao longo dos anos. Datam destes primeiros tempos as *Tales of a Reasoner*, narrativas centradas na figura do Ex-Sargeant Byng. Os anos de 1913 e 1914, por altura do nascimento dos heterónimos e de grande impulso criativo, viram nascer o conjunto a que deu o nome de *Quaresma, Decifrador*.

A série centrada na figura de um detetive era um formato narrativo muito popular à época. Pessoa assumiu-o, transformando o convencional detetive numa figura digna do seu panteão de *alter egos*, mais complexa, definida como um decifrador de «charadas da vida real». Como afirma no ensaio *Detective Story*, conjunto de textos que foi escrevendo ao longo dos anos, como se coligisse reflexões sobre o que ia lendo, o policial é uma história de imaginação em que um problema é resolvido, um divertimento intelectual[1] por excelência. Ao criar a sua versão de *Martin Hewitt, Investigator*, de Arthur Morrison, ou dos casos do dr. Thorndyke, de Austin Freeman, Pessoa concebeu um conjunto narrativo uno, despido de reviravoltas de enredo, centrado na figura de Abílio Fernandes Quaresma, médico sem clínica, decifrador, corpo possuído por um raciocínio «frio e fluido», que, ao absorver-lhe toda a substância da alma, o vai lentamente minando. Possuidor de um «olhar inocente e lúcido», vê mais além, para lá da superfície das coisas e das almas.

A esta personagem, minuciosamente descrita por Pessoa no prefácio planeado para o conjunto e ao longo das novelas, é mais tarde atribuída a autoria de um ensaio onde a verdadeira identidade de William Shakespeare seria investigada e que teria por título «Shakespeare — Estudo de Deteção Superior — pelo extinto dr. Abílio Quaresma». No seu quartinho da Rua dos Fanqueiros, com vista para os telhados de Lisboa, sentado num velho cadeirão com uma manta sobre os joelhos, Quaresma, lê e escreve. Com o livro sobre Shakespeare que lhe é atribuído, num esquema onde Pessoa planeia a sua obra, estabelece-se o papel que o seu autor lhe destinava: o de mais uma personalidade literária, com um aspecto físico e uma personalidade bem definidos. «O Caso Vargas», a novela mais longa e ambiciosa, estaria a ser escrita nos últimos anos da sua vida.

Para a presente edição foram selecionados trechos de seis das novelas policiárias da série Quaresma («A Carta Mágica» e «Crime» estão completas), assim como parte do «Prefácio a Quaresma». A razão da escolha prende-se com as características dos policiais pessoanos, diferentes do tradicional no género por centrarem a narrativa no desenrolar dos argumentos do decifrador. As novelas originais, como é timbre dos escritos deixados por Pessoa, são em boa parte compostas por fragmentos soltos, mais ou menos longos, e não é raro faltarem nexos narrativos. Incluíram-se nesta seleção os que apresentam maior coerência e completude, e que, para além disso, desenvolviam temáticas importantes. Deste modo, encontram-se aqui análises sobre a mente do soldado regressado da Grande Guerra, sobre os distúrbios mentais que conduzem ao assassinato, sobre a inveja, o ciúme e outras fraquezas humanas. Lemos, em «O Caso Vargas», a descrição que o assassino faz do seu ato, visto de fora, numa despersonalização em jeito de filme. Numa passagem da novela «A Janela Estreita» encontramos a única aparição da personagem Tio Porco, uma espécie de superego de Quaresma, que analisa os tipos de inteligência colocando a sua no topo.

Foram ainda incluídas as passagens em que a figura de Abílio Quaresma é progressivamente desenvolvida, de novela para novela, ganhando vida e presença física. A inclusão do prefácio é essencial. Neste texto introdutório, cuidadosamente desenvolvido apesar de não ter sido objeto de um aperfeiçoamento final, alguém, que implicitamente se assume como o autor, apresenta o amigo recentemente falecido, um homem genial que morre no esquecimento, sem que o seu valor seja reconhecido. Essa figura de autor-prefaciador chora-lhe a morte e assume a missão de lhe resgatar a memória, ao recolher e registar a sua obra dispersa, isto é, os mistérios que decifrou magistralmente. Refere ainda, de passagem, uns misteriosos papéis que Quaresma lhe teria deixado. Cada um dos casos narrados por diversos intervenientes, que testemunharam a genialidade do decifrador, acrescenta mais um capítulo da biografia de Quaresma, também ela sem factos, pois, como diz «contra argumentos não há factos».

Para esta edição, foram revistos os trechos, aperfeiçoadas as leituras e corrigidos alguns erros óbvios.

A.M.F.

Símbolos usados nesta edição:
☐ espaço deixado em branco pelo autor
[ ] texto acrescentado pelo editor
♦ transição entre manuscritos estabelecida pelo editor

# NOVELAS POLICIÁRIAS:
UMA ANTOLOGIA

# PREFÁCIO

Causou-me, há meses, dolorosa impressão o encontrar, no meu jornal da manhã, no fim da necrologia, a notícia de haver falecido em Nova Iorque, «onde estava de passagem» o cidadão português dr. Abílio[1] Quaresma. A notícia não informava de que falecera o dr. Quaresma, nem sequer dizia quando; era evidentemente notícia consular, recebida por ofício, e enviada aos jornais pelo Ministério dos Negócios Estrangeiros.

A dolorosa impressão que essa notícia me causou não proveio, porém, de me haverem ligado ao falecido laços de especial amizade, nem mesmo porque houvesse na falta de informação a respeito do fim do dr. Quaresma qualquer coisa de □ ou de suspeito; o que senti no laconismo da local, na carência absoluta de informação — nem um adjetivo, nem □ sequer — acerca do falecido, foi não só que a pátria perdesse um homem de tão alto valor, não só que o público o não houvesse conhecido, mas que nem a necrologia dos jornais, tão interessante às vezes no recordar-nos em hipérboles de recém-morto os indivíduos notáveis — uns por valor, outros por excentricidade — que eram coisas postas ao geral no juízo, às vezes mesmo homens que tiveram a sua aura e que, esquecidos ou apagados depois, só os soubéramos ainda vivos quando já estavam mortos — que nem essas presunções juntassem uma palavra que fosse à nudez noticiosa em que era dado ao público saber a morte do dr. Quaresma.

Amargou-me n'alma isto de um homem como Quaresma nem um dia ter de fama. Bem sabia eu que ele não a buscara nunca — sonhador sempre, fechado no seu alcoolismo impenitente e no seu raciocínio já quase automatizado. Mas a justiça segredava-me, não sem intimativa na sua voz secreta, que essa fama era devida, que não a ter ele buscado nada tinha com o ser justo tê-la, que enfim, era preciso eu decidir-me a comunicar ao público, de modo mais claro e □ possível, o maior número de casos de que pudesse haver notícia onde houvessem sido empregadas as faculdades □ do Quaresma.

Tomei por isso sobre mim a tarefa editorial de reunir, de quantos pontos do mundo pude, quantos casos me foi possível obter, em que o raciocínio do dr. Quaresma tinha sido o Édipo de alguma esfinge criminal. Coadjuvaram-me com prontidão, □ e esmero que muito lhes agradeço, os indivíduos, nacionais ou estrangeiros, a quem houvera de me dirigir para obter dados para a compilação desta obra. Preferi que cada um pessoalmente contasse o «caso» que sob os olhos a dentro da sua experiência se passara, assim como a mim pessoalmente caberia contar o que como que em minha presença se dera. Até agora tenho reunidos doze extraordinários episódios da vida raciocinativa do dr. Quaresma. Dá-los-ei ao público, um após outro, cuidadosamente transcritos, ou traduzidos com esmero, conforme os fins □ nacionais ou não. A figura do dr. Quaresma, ao mesmo tempo tão complicada e tão simples — nascerá deles provavelmente para a intuição do público. Poupei-me assim o desastre crescente de tentar descrevê-lo, trabalho, por impossível, que só um homem podia fazer, se pudesse — o próprio dr. Quaresma.

Como nada liga os episódios uns aos outros, não há relação de tempo entre eles, nem importa saber qual se deu primeiro, qual depois. À medida que me chegaram às mãos, adaptei-os à publicação; ficam por essa ordem. Começarei pelo episódio que eu próprio posso, melhor que outro qualquer, contar.

♦

A narrativa dos vários casos, criminais ou quase, para cuja solução Quaresma em todo ou em parte contribuiu, cabe naturalmente em três categorias diferentes. A narrativa do célebre Caso Vargas, que foi, não o primeiro em cuja solução Quaresma se empenhou, mas o primeiro em que ele apresentou publicamente uma solução, o primeiro em que a polícia tomou (e de que maneira!) conhecimento da existência de Quaresma, não é assunto que possa ser narrado em menos que um volume inteiro, de tal modo foi o enredo do caso e o seu desenvolvimento, a tal ponto extenso e complexo o singular raciocínio que levou Quaresma à sua decifração.

Os outros casos decifrados por Quaresma não exigem tão extensa redação. Uns, porém, seriam mutilados quanto aos factos e diminuídos quanto ao enredo decifrativo, se coagíssemos a narrativa a uma espécie de sumário. Há, contudo, outros, como os que formam o presente volume, e formarão por ventura, mais volumes como este, em que a narrativa pode ser breve sem perda, e o raciocínio, concentrado como foi numa análise rápida e decisiva, não tem que ser senão breve.

Por estes começarei as narrativas das decifrações de Abílio Quaresma.

Como vou escrevendo estes relatos à medida que tenho dados completos sobre cada um, não adoto, na disposição deles entre si, nenhuma espécie de ordem, cronológica ou outra. São todas investigações independentes, e tanto faz pois que tal narrativa venha antes de outra, como que se siga a ordem inversa. Além do quê, quando Quaresma emergiu pública, ou, melhor dizendo, socialmente, o seu espírito estava de há muito formado; de sorte que não há sequer que atender a que através de estas narrativas haja de se estudar a evolução dele.

♦

A morte recente do meu velho amigo, dr. Abílio Quaresma, deu vida a uma ideia que em mim era antiga, mas que nunca tive ocasião moral de lhe expor. Abílio Quaresma, «médico sem clínica e decifrador de charadas», como com simplicidade e justeza se descrevia, teve azo de intervir na solução de várias charadas da vida real — mais estranhas sempre, e até muitas vezes mais engenhosas, que as daquele *Almanach de Lembranças* que era um dos seus livros prediletos. A morte de Quaresma dispensa-me, por diversas razões, de o consultar sobre a matéria; e, depois de discutir o assunto demoradamente com o Chefe Manuel Guedes, da Investigação Criminal, velho amigo, também, de Quaresma, decidi fazer tantos relatos, quantos conscienciosamente pudesse, daquelas aventuras intelectuais que para mim, como para o Manuel Guedes, tornavam a figura de Quaresma verdadeiramente excecional.

Foi longo e penoso o trabalho a que me entreguei, para poder ir reunindo os vários «casos» que constituem a única vida clínica do médico que a não teve. Irei relatando esses casos à medida que se forem reconstruindo inteiramente no meu espírito através da minha investigação. A minha reconstrução, porém, será rigorosamente científica. Não porei nas narrativas mais um ponto do que legitimamente existe nelas, como expressões de factos. As narrativas serão dadas pela ordem em que eu as for tendo completas, e sem atenção alguma a uma disposição cronológica o que, na verdade, fora superstição inútil, pois não há intenção de estudar a formação do espírito de Quaresma, mas de registar várias manifestações desse espírito, uma vez formado. Em alguns casos, as histórias serão dadas nas palavras das testemunhas mais aptas, por presença e inteligência, a contar as cousas como foram; mas a minha vigilância literária, e o meu conhecimento pessoal de Quaresma, estarão sempre presentes para retocar a narrativa, não de modo que seja mais interessante, mas tão-somente de modo que seja, efetivamente, mais verdadeira. Nos outros casos, achei preferível, uma vez de posse dos factos todos, escrever eu as histórias objetivamente, à maneira de romancista. Mas, quer num caso, quer noutro, afirmo de novo, sem hesitação nem modéstia, a escrupulosa verdade histórica do que narro.

Cabe-me agradecer aos vários autores daquelas narrativas, que são diretamente alheias, o auxílio que, com escrevê-las, me prestaram, e a honra que me deram, entregando-as sem vaidade[2], como todos fizeram, à minha revisão.

Ao Chefe Manuel Guedes, cuja espantosa memória foi um dos esteios destas narrativas, não tenho que agradecer, pois a recordação do dr. Quaresma é tão cara a ele como o é a mim; nem fazemos mais que servi-la com a publicação destas contribuições para a história do pensamento aplicado.

Quanto aos manuscritos deixados pelo dr. Quaresma, e cuja publicação me foi confiada, com a reserva de que a não fizesse se a não julgasse útil, será assunto de que me ocuparei mais tarde, e quando houver de referir-me diretamente a esses manuscritos.

♦

Charadas, problemas de xadrez, quebra-cabeças geométricos e matemáticos — alimentava-se destas coisas e vivia com elas como com uma mulher. O raciocínio aplicado era o seu harém abstrato. Aquele quarto no 3.º andar da Rua dos Fanqueiros, a que ele era tão fiel como à sua renúncia à vida, conheceu orgias de compreensão e solução que nenhum orgíaco da carne poderia acompanhar na sua experiência.

◆

Mas nunca impaciente, nem ninguém com ele, um pouco triste, com uma espécie de ternura longínqua e esquecida maneira de olhar para as crianças, de ouvir os humildes, de deixar passar os mendigos — tragédias não, nem dramas, mas perda, lapso, condenação das emoções a pagarem-se todas para se poder pensar...

Nenhum senso estético, salvo o que o raciocínio dá pelo equilíbrio que nasce do exercício dele. Nenhum senso científico ou filosófico: a indiferença do pensamento contínuo perante os artifícios da fatalidade[3].

Incapacidade quase total de escrever, como que, um pouco, por escrever ser composto de gestos, e haver papel, tinta, caneta na organização do resultado.

A alma humana tem sentimentalidades estranhas. Está certo comigo que a Companhia de Tabacos, quando deixou de fabricar os charutos Peraltas, contribuiu de algum modo para aparecer a tosse cadavérica, que haveria de vitimar o protagonista destes dramas da razão.

Podemos amar uma marca de charutos. Há quem se bata, e morra, por ideias abstratas, e sem cinta nenhuma; e os Peraltas tinham-na.

◆

É curioso como certos assuntos nos talham a mente conforme a sua natureza. Fui verdadeiramente amigo de Quaresma; verdadeiramente me doi a saudade dele; mas, ao escrever a seu respeito, assumo, sem querer nem sentir, como aliás sempre faço, a frieza de quem é o meu tema, e não consigo ter uma lágrima em prosa. A personalidade de Quaresma insinua-se no que escrevo: meu estilo recusa-se a não ser frio.

O mais curioso é que essa individualidade apagada e mortiça, vivendo toda uma vida subjetiva de problemas objetivos, ganhava uma nova e milagrosa energia quando resolvia um problema, sobretudo um problema difícil. O dr. Quaresma, normal, era um apenso débil à humanidade; o dr. Quaresma, depois de decifrar, erguia-se num pedestal íntimo, hauria forças incógnitas, já não era a fraqueza de um homem: era a força de uma conclusão. Não se transformava — não direi tanto —, mas transfigurava-se sem se transformar. Era o mesmo Quaresma, mas tinha o triunfo de ser o *Almanach de Lembranças* do ano seguinte, já com o conceito das charadas.

◆

Estas palavras parecem ásperas, fáceis, inorgânicas. Dir-se-á que não estimo Quaresma. Estimo-o, mas neste momento, em que falo dele, não o elogio — vejo-o — e vou na descrição do que vejo como uma máquina cinematográfica que tira a qualidade de escrever.

Matemático da realidade, estratégico do já-feito, o seu raciocínio, num movimento rapidíssimo, despia os factos de um caso de todos os seus acidentes, e o esqueleto do que acontecera surgia numa radiografia erguida subitamente da cuvete.

# O CASO VARGAS

## A MORTE NA AZINHAGA

Na manhã de 12 de fevereiro de 1907, muito cedo ainda, não para o dia, mas para os usos de Lisboa, apareceu na Estrada de Benfica, com um ar nitidamente preocupado, um indivíduo novo, mas não muito novo, de estatura mediana e tez alourada, sobre o magro, que perguntou na esquadra ao polícia que estar ali havia, pela morada do oficial de marinha Pavia Mendes. Na esquadra não sabiam ao certo, mas um dos guardas tinha ideia, não se lembrava como, de que um comandante Pavia Mendes, ou coisa parecida, morava um pouco mais para cima, do lado direito, na própria Estrada de Benfica.

O interrogador agradeceu à pressa e seguiu, com passo apressado pela rua acima. Mais adiante, numa mercearia que já estava abrindo — passavam um pouco das sete e meia — repetiu a pergunta. O merceeiro não conhecia.

Um leiteiro que passava, e a quem o rapaz transferiu a pergunta, parou, ficou, e afiançou. O número da porta não sabia — mas o capitão-tenente Pavia Mendes morava um pouco mais para cima da direita, numa casa branca de um só andar, diante de um jardim público pequeno, e com portão de ferro ao lado da cerca dando para o jardim. Não havia perigo de o outro se enganar. Não havia outra com aquela cor, pelo menos até chegar àquela que tivesse esse aspecto. A primeira casa da direita, de um só andar, com um portão ao lado, etc.

O estranho agradeceu efusivamente e seguiu rapidamente o mesmo caminho. Mais uns cem metros mais acima encontrou a casa que lhe haviam indicado. Espreitou pelo portão de ferro, e não viu ninguém no jardim. Dirigiu-se à porta principal, que era sobre a rua. Ali parou, como que hesitando; puxou pelo relógio, e viu que eram oito menos um quarto. Hesitou ainda, sem dúvida em virtude de ser muito cedo. Por fim decidiu-se e bateu à porta.

Apareceu uma criada, já de idade, que olhou com certa estranheza para o recém-vindo. Viu um homem ainda novo, sobre o magro, de estatura média e tez alourada; e viu também que parecia estar num estado de ansiedade, de preocupação.

«Mora aqui o sr. comandante Pavia Mendes?» perguntou o homem apressadamente.

«Mora, sim senhor.»

«E... eu podia falar-lhe... Desculpe... O sr. comandante que desculpe. Sei que isto não são horas de vir a casa de ninguém, mais a mais uma pessoa que se não conhece. Mas eu tenho urgência, muita urgência de lhe falar... Ele estará a pé...»

E, como a mulher hesitante, murmurou «A pé, por acaso, está, porque esteve a trabalhar no escritório toda a noite... Mas...», acrescentou «Faz-me favor, diga-me uma cousa. Jantou aqui ontem à noite um amigo nosso chamado Carlos Vargas?»

A mulher levantou a voz e ainda com certo pasmo na expressão «Jantou, sim senhor, jantou... Um sujeito alto, forte...»

«Isso, isso — é esse mesmo. E, faz-me favor, ele não ficou cá de noite, não passou cá a noite?»

«Passar a noite?!» exclamou a mulher. «Não... Saiu muito tarde, sabe... (eu já estava deitada e o sr. comandante é que foi com ele até à porta); lembro-me de ouvir abrir a porta. Devia passar da uma hora.»

«Santo Deus! exclamou por sua vez o recém-vindo. Que terá sucedido?»

E sobressaltada a criada disse «Eu vou chamar o sr. comandante.»

Nisto, do interior da casa, uma voz de homem, seguida de perto pelo próprio dono da voz, rompeu, um pouco asperamente «O que é, Teresa?»

A criada voltou-se para trás, na altura em que emergia de um quarto ao fundo um homem alto, delgado mas forte, com um sobretudo velho sobre as calças velhas e chinelas, e um ar de meio estremunhado.

«É um senhor que está perguntando por aquele senhor que esteve cá ontem, senhor comandante.»

«Como? como?» disse o dono da casa, avançando rapidamente. Depois, lembrado de como estava vestido, disse: «Entre, se faz favor. Desculpe eu estar assim; estive a trabalhar toda a noite. E, ansiosamente, O que vem a ser?»

«Eu explico a Vexa.» disse o recém-vindo, dando uns passos em direção ao comandante. «Sou um velho amigo do Carlos Vargas, que, parece-me, jantava cá ontem.»

«E jantou», disseram simultaneamente o dono da casa e a criada.

«Ele prometeu-me, por uma questão grave para mim, estar em casa, na dele ou na minha — eu moro muito perto dele — pela meia-noite e meia-hora ou uma hora da noite. Eu já explico melhor...»

«Entre para aqui», disse o comandante. E, afastando-se da criada, que se conservara curiosa, fez entrar o visitante para uma sala pequena, e fechou a porta.

«Eu explico, e desde já peço desculpa a Vexa. de o incomodar. Mas o caso não é só do transtorno que me causa; é também da preocupação que tenho, da preocupação pelo Vargas... Ele ficou de me dar um dinheiro...»

«Sei perfeitamente, interrompeu o comandante; ele, por acaso, quando ontem se despediu de mim disse-me, Gostava de conversar um pouco mais, mas tenho um amigo à minha espera lá em casa, e é um caso de lhe entregar um dinheiro para ele amanhã de manhã ir para o Porto...»

«Isso mesmo. Era eu que estava à espera dele.»

«De modo que por isso se despediu. Mas não podia estar lá nem à meia-noite e meia hora nem à uma, porque saiu de aqui era já uma e meia.»

«Sim, sim, isso tudo está muito bem, eu esperava ali mesmo, eu esperava, a passear na rua. Mas o pior é que até agora (isto é, até à hora que eu saí de Campo de Ourique, que eram as seis e meia) ele ainda não tinha voltado para casa... Ora ele tinha a mania de ir por caminhos levados do diabo, e eu temo por isso que tenha... eu sei lá o que lhe podia suceder.»

O comandante Pavia Mendes ficou de repente transtornado.

«Sim, e o que me apoquenta, digo com toda a sinceridade, é por ele. O Carlos Vargas poderia ter todos os defeitos, mas não deixava um amigo entalado. Ele não me faltava se não lhe tivesse sucedido qualquer coisa. Só se não tivesse o dinheiro, mas então aparecia a dizer... — mas tinha, sabe. Devia ter. Ele disse: Vou levar aqui um dinheiro — falava como quem o tinha... Pois é isso; é isso. Ainda julguei que ele tivesse ficado cá, dormido cá em sua casa, por se ter prolongado muito a conversa. Não achava provável, mas enfim...»

O oficial de marinha interrompeu: «Não dormiu, não» — e de repente teve um gesto mudo.

«E levava consigo os meus planos!...»

«Como? Os seus planos?»

O Pavia Mendes levou a mão, convulsivamente, à cabeça:

«Sim. Os planos do meu submarino...»

O visitante olhou-o atónito.

«Os planos do seu submarino? O quê, ele levava, a essa hora da noite, documentos importantes dessa ordem? Sim, calculo que se trata de uma invenção, o que é segredo, não é verdade?...»

«Isso mesmo, isso mesmo, e de uma invenção importantíssima...» disse o outro estremunhadamente.

«Oh, senhor, mas que caminho seguiria ele daqui para Campo de Ourique?»

«Disse-me que ia pela Azinhaga da Bruxa, que era o mais rápido, que não havia receio pois ia armado; e mostrou-me até a pistola que trazia.»

«A Azinhaga da Bruxa? Oh, senhor, isso é até aziago... Onde é a Azinhaga da Bruxa, e que raio de caminho é esse de aqui para a Estrela?»

«É aqui abaixo, a pouca distância, antes de chegar à Esquadra da Polícia. Como caminho é rápido, mas.... Olhe, pode esperar por mim um momento? Vou arranjar-me, não tardo nada, e vamos saber notícias. Quase que pressinto um desastre, uma desgraça... Um momento... Já nem sei o que pressinto.»

♦

«... quem seria o canalha que...?»

«Não lhe chame nomes», disse o polícia. «Não foi canalha.»

«Então?» exclamou o Borges, com um ar de pasmo.

«Quem o matou foi ele mesmo» disse o guarda apontando para o corpo.

«Ele mesmo? Ele... Ora bolas!» exclamou o outro, com ira impaciente.

O guarda voltou-se para o engenheiro naval.

«Um suicídio sem dúvida nenhuma...»

«Um suicídio?» o pasmo do Pavia Mendes era [o] mesmo que o do Borges.

«Mas isso é impossível», disse Borges, numa voz mais incerta. «Que razão tinha ele para se suicidar? Não tinha razão nenhuma...»

«O sr. tem a certeza disso?» replicou o polícia com uma certa aspereza.

«Que eu saiba…» atenuou o outro, confuso. Depois a voz animou-se.

«E quem é que vai escolher o meio de uma azinhaga para se suicidar?»

«E os meus planos?» interrogou Pavia Mendes.

O guarda encolheu os ombros.

«O que eu sei é que ele se suicidou. Garanto isso absolutamente aos senhores. É exatamente a posição, □ — a atitude do tenente Vieira, do meu regimento, que se suicidou no Kianza. As razões, não sei, e dos planos também não sei, mas olhe» (e virou-se para Borges) «não são só os planos que faltam… Ele não tem nada nas algibeiras.»

«E então?» perguntou Borges.

«E então o caso é mais simples — muito mais simples do que se faltassem só os planos. Ele suicidou-se. Alguém passou por aqui e encontrou-o morto. Guardou segredo para não se comprometer, mas devassou-lhe as algibeiras.»

«Isso não é improvável», refletiu alto o Pavia Mendes. «E, de certa maneira, é mais animador para mim.»

«Porquê?» perguntou Borges.

«Porque os planos, na mão de um gatuno vulgar, ou de coisa parecida com isso, são simples papéis. Nas mãos de quem os quisesse desenvolver seriam outra coisa.»

«Isso é verdade», disse o polícia, e o Borges concordou com a cabeça.

«Mas um suicídio!» exclamou o Borges «um suicídio!… Isso é mil vezes mais misterioso do que um assassínio.»

O polícia encolheu os ombros.

◆

«Não, não era impossível», disse o Borges meditativamente. «Não compreendo que o fizesse agora, quando estava, ao que parece, em vésperas de negócio para o submarino.»

«Ah era questão de dinheiro?» disse o Guedes, fazendo sinal para os portadores da maca para avançarem pela azinhaga abaixo.

«Sim», disse discreto o Borges. E prosseguiu, dirigindo-se ao Pavia Mendes «Não compreendo bem porque o faria agora, e muito menos aqui... Enfim, sei lá... suspirou, e houve nesse suspiro, ao que parecia, uma ânsia suave, egoísta e humana do dinheiro tão prometido e afinal não recebido.»

O grupo pôs-se, calado, a caminho da Estrada de Benfica. Viraram à direita, e, em poucos passos, chegaram à esquadra. Estava já muita gente à porta. O chefe, que aparecera em baixo, e se ia dirigir para a azinhaga, mandou-os afastar. O grupo da azinhaga, os dois *confrères* que haviam aparecido depressa, entraram na esquadra silenciosamente.

# ABÍLIO QUARESMA

O homem que entrou no gabinete do juiz, e para quem este ergueu logo os olhos azuis calmos, não apresentava característico nenhum físico, nem indicação física de característico moral, pelos quais pudesse ser tido por notável entre um conjunto de pessoas. Era de estatura média, ligeiramente calvo com uma testa alta, tinha bigode e barba, mal tratados e de um castanho agrisalhado, como o cabelo. Vestia de cinzento — fato e sobretudo já bem usado. O seu aspecto geral dava como impressão a banalidade inteligente; o seu aspecto de trajo o solteiro nem cuidadoso nem desleixado; o seu ar era simples sem ser propriamente humilde, e a sua expressão direta sem ser ousada. Avançou respeitosamente, sem elegância nem deselegância, para a secretária do juiz, e, chegando ao pé dela, cumprimentou com uma inclinação involuntariamente seca da cabeça.

«Queria falar-me?» perguntou o juiz. «Estou agora um pouco ocupado, mas não quis deixar de o receber. Sobre que era?»

«Sobre a morte de um homem chamado Carlos Vargas», respondeu o recém-vindo.

«É o senhor Quaresma, Abílio Quaresma se me não engano? Parece que foi o que o contínuo me disse...» O juiz colocou as perguntas inúteis de modo que o agente Guedes, que, ao ouvir falar em Vargas, mostrou certo interesse, percebeu que o juiz queria ganhar tempo para medir de antemão a possível importância da visita, de que ainda se não sabia nada, mas que chegava com proximidade ao caso a que se referia.

«Sou, sim», respondeu o visitante. «Chamo-me Abílio Quaresma. Aliás dr. Abílio Quaresma. Sou formado em medicina.»

«E V.ª Ex.ª (sente-se, sr. dr. Quaresma), e V.ª Ex.ª era amigo do pobre Vargas?»

«Não, não o conhecia. Nunca o vi até. A razão da minha visita não era bem um depoimento, mas uma indicação.» Quaresma parou, e, obedecendo a uma sugerida indicação só manual, do juiz, puxou uma cadeira e sentou-se. Depois ergueu os olhos para o juiz e disse com grande simplicidade.

«Não tenho nada com o caso Vargas, nem pessoalmente como dizia, nem oficialmente, como, é claro, V.ª Ex.ª sabe. Mas ocorreu-me que o Juízo de Instrução não tivesse decifrado o problema que está no fundo desse caso, e, como eu, por entretenimento, o decifrei, achei que talvez houvesse interesse em trazer aqui a informação que resulta da decifração que fiz. Pode ser que a não queiram, pode ser que não precisem dela até que já saibam o que venho dizer. Em qualquer dos casos me retiro sem desilusão nem remorsos. Mas também me parece que não se dá nenhum destes casos. Parece que o caso Vargas é de natureza a estar ainda por esclarecer…»

«A que é que V.ª Ex.ª chama o "caso Vargas"?» O juiz acendeu um novo cigarro e olhou despreocupadamente para o médico.

«Chamo "o caso Vargas" ao incidente policial suscitado pela morte de Carlos Vargas e pelo desaparecimento dos planos do submarino do comandante Pavia Mendes.»

«Mas em que é que isso constitui uma coisa a que se chame "caso". V.ª Ex.ª diz a palavra caso com uma entoação de quem trata de um mistério. Não há mistério nenhum no assunto. Preocupou-nos a princípio a ideia de um homem se suicidar numa azinhaga às duas horas da madrugada. Hoje não nos preocupa: já sabemos porque se suicidou.»

«Já sabem?» O dr. Quaresma sorriu.

«Já. Porquê?»

«É porque se já sabem, não sabem, respondeu o dr. Quaresma.»

O juiz de instrução depôs o cigarro no cinzeiro com um leve gesto trémulo de irritação vaga, entrelaçou as mãos contra a borda da secretária, e olhou diretamente para o médico.

«O que é, precisamente, que o sr. dr. Abílio Quaresma quer de nós, ou nos quer dizer?»

«Quero trazer a este Juízo de Instrução a solução do caso Vargas. Supus que ele a não tivesse. Já sei que a não tem. Acho de meu dever — dever, aliás, mais intelectual do que moral…, trazê-la.»

«Está bem. Deixemos o caso Vargas. Quer isso dizer que V.ª Ex.ª está em posse de factos relativos a este caso, e que vem convencer-nos desses factos porque julga que precisamos deles para uma elucidação qualquer do assunto, ou relativa ao assunto. Um ponto preliminar — as suas declarações, ou antes os factos em que elas se baseiam, dizem respeito ao Carlos Vargas indiretamente ou antes diretamente, isto é, aos planos do senhor Pavia Mendes? Comecemos por aí… Ponhamos o caso com clareza. De que é que V.ª Ex.ª foi testemunha, ou de que é que V.ª Ex.ª tem conhecimento?»

«Não fui testemunha de nada, e tenho conhecimento de tudo, respondeu o dr. Quaresma. O que venho trazer não são factos mas raciocínios; isto não traz só elementos para a verdade, mas a própria verdade. Se. V.ª Ex.ª prefere que se diga assim, direi assim. Venho trazer argumentos. Os factos são cousas duvidosas. Contra argumentos não há factos.»

O juiz e o agente olharam juntos para o médico com uma expressão parecida e diferente. A do Guedes era de um pasmo disperso, como de quem não percebe nada, nem percebe porque não percebe. A do juiz indicava um pasmo mais hesitante do que confuso; parecia debater consigo se aquele discurso era um produto de loucura, como quase parecia, de troça, como pareceria se não fossem o local que o não parecia, e as circunstâncias, ou de simples afirmação, como se afigurava mais certo, embora fosse mais estranho. O dr. Quaresma, olhando de um para o outro, sorriu para o juiz.

«Estas minhas afirmações, disse, têm sem dúvida um aspecto estranho. Mas são rigorosamente verdadeiras. Quis simplesmente descrever a V.ª Ex.ª porque é que apareci aqui. Apareci aqui porque me interesso por problemas, desde a charada ao mito possível; porque encontrei no caso Vargas um problema curioso, e com elementos bastantes para ser decifrável; e, finalmente, porque estou certo, ou quase certo, de que este Juízo não tirou dos factos a conclusão inevitável para o raciocinador.»

«Julga-nos então V.ª Ex.ª tão pouco inteligentes?»

Quaresma encolheu de leve os ombros. O vago gesto continha um vago sim.

«Não julgo. Julgo-os simplesmente pouco habituados ao resolver de problemas difíceis. Não é deficiência de inteligência; é, quanto muito, uma deficiência da educação dela.»

«Bem», disse o juiz numa voz lenta, «o que é que V.ª Ex.ª nos vem ensinar, sr. dr. Abílio Quaresma?»

«A verdade», respondeu o dr. Quaresma. Depois, depondo as mãos sobre os joelhos separados, continuou:

## A ARTE DE RACIOCINAR

«A maneira de investigar um caso destes é», começou Quaresma, «por 3 estádios de raciocínio. O primeiro é determinar se de facto houve crime. O segundo é, determinado isso positivamente, determinar como, quando (às vezes, onde e quando) e porquê o crime foi praticado. O terceiro é, por meio de elementos colhidos no decurso desses dois estádios da investigação, e sobretudo do segundo, determinar quem praticou o crime.»

Falava com uma precisão que, parecendo literária, era, antes, lógica, que, parecendo de palavra escrita, era, antes, de palavra exata.

«O raciocínio, ou, mais latamente, a inteligência[1], trabalha sobre sensações — dados fornecidos pelos sentidos, nossos ou alheios — o que juridicamente se chama testemunho. Quando uma vez o raciocínio trabalhou sobre esses dados, pesando o que vale o testemunho de que cada um resulta, comparando uns com outros, e (quando isso seja possível) por uns dados (conhecidos) obtendo outros (até ali por conhecer) chegamos à posse do que chamamos *factos*. Ao raciocínio que, trabalhando sobre os dados dos sentidos, deles extrai os factos, poderemos chamar o raciocínio concreto. Quando os dados procedem de testemunhos verificadamente seguros; quando, comparados entre si, não há entre eles contradição; quando, ou em si mesmos, ou com outros a cuja descoberta conduzem, são suficientemente abundantes para que os factos resultantes formem um conjunto coerente e lógico[2], que nos permite indubitavelmente verificar qual foi, em sua natureza, causas e fins, o *acontecimento* de que esses factos são os pormenores, então a investigação está concluída, e bastou o raciocínio concreto para a concluir.

«Raras vezes, porém, e em raras cousas, isso acontece, desde que o acontecimento não seja muito simples, isto é, formado por um pequeno número de pormenores, e estes facilmente verificáveis. Desde que o caso é mais complexo ou obscuro, temos que lutar com as dificuldades da insegurança das testemunhas (e grande número de testemunhas são duvidosas, por falta de observação, por pressuposições naturais ou sentimentos, e, ainda, por má fé deliberada); da escassez de dados, que torna difícil que entre si se compare; e da falta de relação entre eles, que torna difícil que através deles se descubram outros, ainda ocultos. Ora em casos de crime os dados tendem a ser duvidosos, escassos e, por escassos, mal relacionados. Quem comete um crime, salvo se for um crime brusco, de paixão ou loucura, busca deixar o menor número possível de rastos que haja do crime; e da sua preparação, execução e resultados imediatos, nenhuma, ou quase nenhuma testemunha. Daí a escassez de dados, e, em virtude dessa escassez, ou falta de relação entre eles, pois entre o que é *pouco* as relações tendem necessariamente a ser *poucas* também. Finalmente, em matéria de crime, tendem a abundar as razões para haver testemunhas duvidosas. O carácter secreto do crime contribui para o que dele, ou à roda dele, se observe seja imperfeitamente observado. O carácter interessante do crime tende a produzir testemunhos de natureza involuntariamente conjetural, e os elementos emotivos, que sugere, a evocar testemunhos de carácter preconceitual. E, onde o testemunho parta, quer o saibam ou não de onde há a cumplicidade direta da ação ou a cumplicidade indireta da afeição ou desafeição, tendem os testemunhos dos seres a ser de má fé, isto é, deliberadamente falsos. Por isso na maioria dos crimes de premeditação, se o premeditador é astuto ou inteligente, e não surge, no domínio do crime qualquer incidente estranho que perturbe o plano, ou, depois do crime, qualquer lapso do próprio ou denúncia de outro que depois o revela, surge uma escassez e consequente irrelação, de dados, e um duvidoso vário de testemunhos que deixa o simples raciocínio concreto mal habilitado, quando não incompleto, para descobrir, na sua totalidade a natureza, o que foi o acontecimento.

«É nesta altura que, como último recurso lógico, temos que apelar para o *raciocínio abstrato*. O raciocínio abstrato emprega um, ou mais, de três processos — o processo psicológico, o processo hipotético e o processo histórico. Só o processo psicológico é um simples prolongamento[3] da ação do raciocínio concreto: consiste em aprofundar a análise dos dados de que aquele extrai os factos — não para saber só qual foi a natureza dos acontecimentos, mas qual foi o estado mental que produziu, ou os estados mentais que produziram, esse acontecimento. Certas testemunhas dizem que certo facto se deu às 4 horas da tarde; outra que se deu às 4 e meia. O raciocínio concreto precisará determinar a qual das horas se deu, ou, mais frequentemente, a que hora, pois pode concluir-se que não foi a nenhuma daquelas. O raciocínio abstrato procura, sabido que uma das testemunhas está errada, ou ambas, saber porque é que errou ou erraram. O caso pode não ter importância, é claro, ou pode tê-la; cito-o somente para acentuar bem em que se parece o processo psicológico do raciocínio abstrato com o processo único do raciocínio concreto, e em que é que difere dele, sendo todavia o seu desenvolvimento.

«O processo hipotético consiste em, baseando-nos nos poucos factos, ou até dados, que temos, formular uma hipótese do que poderia ter sucedido. Se a comparação de factos ou dados, ou a ausência de outros factos, que necessariamente existiriam se a hipótese correspondesse à verdade[4], dão a hipótese por insustentável, então formula-se uma hipótese, guiando-nos, sendo possível, pelos lapsos manifestos da primeira; e assim sucessivamente, até chegarmos a uma hipótese que explique os factos conhecidos e evoque factos verificáveis por conhecer, ou até termos que desistir, por nenhuma das hipóteses que formulámos ser sustentável. Este processo parece mais imaginativo que intelectual, e antes da natureza de adivinhar que de investigar. Não é bem assim. O produto da imaginação está, por natureza, desaparecido na realidade; o produto da especulação hipotética está essencialmente apoiado nela. No 1.º caso a mente trabalha sem limites (ou sem limites estranhos à própria imaginação e à harmonia e coerência dos seus produtos em si mesmos). No 2.º caso trabalha com o limite dos dados ou factos, poucos que sejam, que lhe servem de fundamento. É este, aliás, um processo de investigação empregado frequentemente em ciência. Nas cousas por natureza mais exatas temos, desde que nos faltem elementos para a solução científica, que adotar este processo. Se tivermos duas equações com três incógnitas, não poderemos resolvê-las algebricamente: a não abdicarmos, teremos que proceder por hipóteses, indo ao encontro da solução, como em todo o processo hipotético, por aproximações.

«O processo histórico é análogo ao hipotético, salvo que se serve de exemplos conjeturais. Pode dar-se em circunstâncias de determinado acontecimento, digamos determinado crime, ter tais semelhanças com outro acontecimento da mesma ordem, de que há notícia histórica, que à luz do nosso conhecimento do anterior podemos formular para a explicação do posterior uma hipótese, conjetural sim, como todas as hipóteses, mas não imaginativa. Isto não quer dizer que o processo histórico valha, por si e em si, mais que o hipotético. Um e outro são aproveitáveis e falíveis. O processo histórico parece ser de simples erudição, mas não é bem assim. O processo histórico exige, é claro, conhecimento da história dos assuntos em os quais se enquadra aquele que se investiga, exatamente como o processo hipotético exige imaginação. Mas a simples erudição histórica não importa tanto como a maneira de a usar; assim como a simples imaginação importa menos que a maneira de a conduzir. É mister que vamos buscar ao passado um exemplo que tenha realmente analogia com o caso que investigamos, e essa analogia nem sempre é imediatamente visível, nem sempre nos pormenores, nem sempre nas pessoas: é às vezes nas cousas ocultas, nos intuitos a decifrar, que ela existe, e o importante é saber vê-la através da diferença, pois forçosamente esta haverá, entre os dois casos.

«Está claro que todas as operações do raciocínio abstrato são, por sua mesma natureza, conjeturais, embora o sejam variamente, isto é, por diversas razões. Não devemos, porém, esquecer que não há na mente compartimentos estanques, que na prática, e sem querer, empregamos confundidamente processos vários, e que, embora o raciocínio abstrato seja por natureza conjetural e o raciocínio concreto por natureza o não seja, nós, na realidade da nossa vida mental, nem empregamos puramente o raciocínio concreto, nem empregamos puramente o raciocínio abstrato. Há nas investigações do raciocínio concreto sempre um ou outro elemento, rápido que seja, de conjetura, de hipóteses, e portanto do raciocínio abstrato; e o raciocínio abstrato, para se não desvairar, frequentemente se converte em raciocínio concreto. Tudo em nós é fluido e misto. Classificamos para compreender, mas vivemos, na mente como no corpo, inclassificavelmente.

«Perguntaria, talvez, porque fiz eu este longo discurso sobre os fundamentos da investigação. Fi-lo, em primeiro lugar, para que desde o princípio compreendamos que processos empregamos ao investigar, e qual a força e a fraqueza deles, e como se separam e completam. Fi-lo, em segundo lugar, para, distinguindo esses processos, nos sabermos guiar por eles separadamente, não os confundindo arbitrariamente, por mais que o espírito para isso tenda, pois quanto menos confundirmos os processos, mais facilmente os poderemos aplicar sucessivamente, se para tal houver motivo, com possibilidade de êxito. Fi-lo, em terceiro lugar, para que, vendo mais claramente como em geral é pobre em resultados o raciocínio concreto, e incerto em resultados o abstrato, sejamos cautos na investigação. Sendo cautos tenderemos a ser exatos. Poderemos, sendo exatos, não chegar a uma conclusão; mas, não o sendo, forçosamente chegamos a nenhuma.

«Posto isto, meus senhores, entro no assunto.»

O dr. Quaresma parou, tomou uma espécie de fôlego ao mesmo tempo físico e mental, reacendendo lentamente o charuto de que, gesticulando vagamente com ele na mão esquerda, se esquecera. Aceso ele ao vivo, continuou.

## APLICAÇÃO DO PROCESSO
## HIPOTÉTICO AO CASO VARGAS

«Com respeito a este acontecimento há, evidentemente, três hipóteses — desastre, suicídio, homicídio. A aplicação do processo hipotético consiste, antes de mais nada, em determinar qual destas hipóteses é antecedentemente a mais provável; a essa então aplicamos primeiro a hipótese que aparentemente a explique.

«O caso Vargas não oferece aspecto de desastre. Não é inteiramente impossível que houvesse desastre, mas a hipótese que teríamos que formular para explicar um desastre seria a tal ponto complicada e inverosímil que é preferível deixar de parte, pelo menos provisoriamente, a tese do desastre, para ver se qualquer das duas outras se não oferece melhor à imaginação.

«Sim para haver desastre, temos que supor, primeiro, que Vargas, ao entrar na azinhaga ou a certa altura dela, puxou da pistola. Até aqui vai o caso bem, pois nada haveria de mais natural que puxar de uma pistola, ou caminhar com uma pistola na mão, numa via daquelas. O que é difícil é estabelecer a passagem deste ato em verdade natural para o de ter o cano da pistola encostado ao lado da cabeça (à têmpora direita). De todos os modos se pode imaginar que um homem segure uma pistola com propósitos defensivos, menos o de a virar contra si, e muito menos num lugar do corpo tal como a cabeça. Temos que formular uma suposição complicada para admitir essa possibilidade, e essa suposição é a de que, tendo Vargas puxado da pistola, e caminhando com ela na mão, de repente escorregou — contra a parede, por exemplo, pois de facto roçou pela parede —, que, escorregando, e desorientando-se com isso, levantou a mão, ou as mãos ambas, para se segurar, ou num mero gesto disparatado com esse intuito instintivo original; que, nesse brusco gesto, unido a um sobressalto nervoso que fez puxar o gatilho da pistola, esta um momento lhe tocou na têmpora, e nesse momento a arma se disparou. É também possível uma vertigem, que o levasse ao gesto de levar a mão à cabeça, e na própria desorientação da vertigem, de virar absurdamente a pistola, e, no nervosismo da desorientação, de puxar o gatilho. É uma variante da mesma história hipotética.»

«Isso é extremamente engenhoso» exclamou o juiz, sorrindo. «Não será muito provável, mas é uma hipótese muito mais provável do que qualquer um julgaria que se pudesse arranjar para a de um desastre. Julgava esta inteiramente inconcebível, e V.ª Ex.ª acaba de me mostrar que não é — direi mesmo, que está quase longe de o ser. Isso é muitíssimo engenhoso.»

Quaresma sorriu em troco. «Quando os dados escasseiam, sr. dr. juiz, o homem habituado ao emprego dos métodos de raciocínio não encontra grande dificuldade em formular uma hipótese ainda para as suposições mais absurdas, como, em principio, é a de desastre no caso de que se trata. É como no fenómeno da associação de ideias. Entre duas ideias, por diferentes e incompatíveis que naturalmente sejam, é sempre possível estabelecer uma ponte lógica, intercalando o número preciso de ideias-elos que tornem lógica a passagem de uma para outra. Quando, em vez de duas, as ideias aparentemente incompatíveis sejam três, cresce ligeiramente a dificuldade de estabelecer uma passagem lógica da primeira para a segunda e da segunda para a terceira. E com o número de ideias aumenta a dificuldade de estabelecer os elos, até que se chega a um número suficiente de ideias para que não seja possível formar com elas senão um só todo harmónico de associações. Assim é com os dados de qualquer problema. Por poucos que sejam, é sempre possível arranjar uma solução imaginativa que os englobe e com eles forme um acontecimento lógico. E então dá-se um de dois casos: (1) ou a solução é só uma, e é inverosímil, (2) ou há várias soluções igualmente aplicáveis, e entre as quais portanto é difícil ou impossível de escolher, mas que são verosímeis.»

«Um momento, doutor: porque é que há de ser ou uma coisa ou outra? Porque não pode haver uma solução só, mas verosímil?»

«Porque para isso era preciso que os próprios dados fossem simples, pois só assim a solução pode ser simples também, e o ser verosímil quer dizer o ser simples, pois o inverosímil (num caso lógico) é simplesmente o complicado. Mas, sendo os dados simples, surgem facilmente *várias* hipóteses, pois o que é simples é aquilo que não tem muitos atributos, e o que não tem muitos atributos é aquilo a que muitos atributos são atribuíveis, visto que não estão lá outros que os contradigam. A hipótese só poderia ser única e verosímil se se tratasse de um grande número de dados, mas é precisamente disso que se não trata, nem na hipótese que fiz, nem no processo hipotético, nem no emprego do raciocínio abstrato em geral: como disse, este não serve senão quando o raciocínio concreto não pode operar, e isso é quando os dados são insuficientes.»

«Compreendo perfeitamente. Continue, se faz favor, sr. dr. Quaresma.»

«Consideremos, agora, a hipótese do suicídio. O suicídio é, essencialmente, um ato anti-natural, pois que é uma oposição direta do indivíduo ao mais fundamental de todos os instintos, que é o da conservação da vida. Ao mesmo tempo o suicídio é contraditório. O fim do suicida é livrar-se de uma coisa qualquer, contida na vida, que o assusta ou oprime. Para isso livra-se da própria vida. O instinto de se livrar de uma coisa que o oprime ou assusta é um impulso natural, procedente do próprio instinto de conservação, que naturalmente repele o que assusta ou oprime, como tudo quanto é doloroso ou incómodo, por diminuir aquela vida que se quer conservar.

«Mas, ao querer livrar-se desse susto ou opressão, o suicida desvaira-se, o instinto perturba-se, contradiz-se; e acaba por atacar aquela própria vida em defesa da qual se quis livrar do susto ou opressão. Assim o suicídio é, claramente, um ato de pânico; a sua natureza ajeita-se à natureza daquela forma aguda, desvairada e paradoxa do medo. O medo é dado ao animal para se defender do perigo, ou fugindo-lhe, ou afrontando-o com violência — a violência nascida do próprio medo. No pânico, porém, o animal ou fica parado e trémulo, de sorte que nem pode fugir nem defender-se, ou foge desvairadamente — para onde calha e pode ser pior que a origem do perigo, para a própria origem do perigo por vezes — e assim, contradiz o próprio instinto de fuga, e partindo do medo, que é buscar a segurança ou a salvação.

«No indivíduo humano o pânico pode dar-se por dois motivos: por predisposição natural, isto é, disposição natural para o medo extremo, ou seja cobardia, que por sua natureza converte um pequeno perigo ou risco em motivo de pânico; ou pela incidência extrema de um perigo real, de um risco verdadeiro, sob o qual o indivíduo, embora normalmente — ou até, conforme o facto externo, anormalmente — animoso, ingressa temporariamente na cobardia.»

◆

«Destas 3 razões, que podem conduzir ao suicídio, a primeira e a segunda não se davam, que saibamos, no caso de Carlos Vargas. Não consta que tivesse uma tendência ingénita para o suicídio; se a tivesse, constaria, pois é característico de quem tem essa tendência que frequentemente alude a ela, e frequentemente alude a suicídios alheios. O suicida-nato, para assim lhe chamar, é abundante em alusões ao suicídio, visto que constitui uma preocupação sua; essas alusões podem cessar quando, em vez de uma preocupação vaga de imaginação, ela se concretiza na preocupação nítida de se suicidar. Mas antes disso há alusões em barda pela vida fora.

«Não consta, também, que houvesse uma razão de ordem externa insistente para que Vargas se suicidasse. Doença constante e dolorosa ou doença incurável, é quase certo que não a tinha; não só porque o testemunho vulgar não sabia dela, como porque o testemunho científico, o da autópsia, particularmente orientado para uma investigação dessas, nada descobriu.

«Resta a suposição de que Vargas se suicidasse por um impulso súbito, motivado por um perigo ou receio subitamente sobrevindo, que lhe subvertesse sem remédio o instinto de conservação e as inibições naturais. Ora, de facto, o local e hora do suicídio, assim como as circunstâncias e testemunhos que tornam improváveis as outras duas causas de suicídio, tendem a fazer aceitar esta suposição como a única à qual o suicídio se pode ligar.

«Temos, pois, que, se Carlos Vargas se suicidou, suicidou-se por um impulso súbito, nascido de uma causa súbita, a não ser que queiramos supor que o tomou um súbito acesso de loucura, o que nada da sua história pregressa nos faz prever ou admitir. Quais são, à luz dos testemunhos que temos, os dados sobre o que precedeu de perto a tragédia da Azinhaga da Bruxa? São que Vargas vinha de jantar em casa do Comandante Pavia Mendes (o que é certo), que nesse jantar nada se passou de anormal (o que é simplesmente o depoimento de Pavia Mendes e vale o que este valha), e que, depois de sair de casa deste, esteve falando uns minutos, à entrada da azinhaga onde morreu, com um indivíduo que se não sabe quem é, que apareceu com uma precisão suspeita, e que não seguiu com ele pela azinhaga acima.

«Na ausência de dados precisos e claros sobre o motivo que plausivelmente levasse ao suicídio o Carlos Vargas, temos que escolher hipoteticamente entre os poucos que há o que mais plausível se nos oferece. Ora não pode haver dúvida que a conversa com o desconhecido tem todos os elementos de maior plausibilidade para este efeito. Em primeiro lugar, foi o facto imediatamente precedente (que saibamos) ao suicídio. Em segundo lugar, deu-se em circunstâncias absolutamente anormais, pois o são aquelas em que apareceu este indivíduo. Em terceiro lugar, alguma coisa houve de que esconder nesse encontro, visto que o indivíduo desconhecido não quis nunca dar-se a conhecer, apesar das largas notícias jornalísticas sobre o caso, e os apelos diretos da polícia a esse respeito.

«Se Vargas se suicidou, concluiremos, pois, que se suicidou por um impulso súbito, motivado por qualquer coisa passada em conversa entre ele e o desconhecido que tão estranhamente o encontrou à entrada da azinhaga. É esta a hipótese mais provável.

«Que coisa, porém, se poderia passar nessa conversa, para que uma depressão profundíssima, ou um profundíssimo terror, caísse de repente sobre Vargas e o levasse ao suicídio? As hipóteses possíveis são em número incalculável. Guiando-nos, porém, tanto quanto podemos, por o pouco que sabemos de acessório ao assunto, temos só uma coisa que nos oriente — os planos do submarino do Comandante Pavia Mendes. É esse o único elemento que temos que exista entre os factos imediatamente precedentes do suicídio hipotético. É desse assunto que confessadamente se tratou em casa do Pavia Mendes. É desse assunto pois que o desconhecido podia saber, de qualquer maneira que desconhecemos, que se trataria em casa do Pavia Mendes, e por esse assunto se pode admitir que estivesse à espera do Vargas quando ele saísse de casa do engenheiro naval.

«Temos que pôr de parte, antes de mais nada, o caso de o cadáver ser encontrado com as algibeiras despejadas. É tão fácil — quase tão inevitável — que um homem sobretudo bem vestido caído morto na rua seja roubado por qualquer passante, salvo se logo o primeiro for um homem de bem, que não há direito lógico de sem sabermos mais nada relacionar a morte e o roubo.

«Neste caso do roubo, se — como é provável — o Vargas trazia consigo os planos do submarino, há, até, mais do que uma hipótese. Há quatro: o roubo total por um assassino na (hipótese de assassínio) que matasse para roubar; o roubo total por parte de um estranho, que casualmente encontrasse o cadáver; o roubo dos planos por parte de um assassino ou de um estranho, e o roubo subsequente do resto por parte de outro estranho; o roubo dos planos por um assassino, complementado pelo roubo do resto, para não parecer que foi só para roubar os planos que assassinou.

«Tudo isto mostra que temos que pôr de parte a questão do roubo, pelo menos provisoriamente, e considerar somente a da morte. Se chegarmos a qualquer conclusão hipotética provável, será talvez então ocasião de, à luz dela, voltar a considerar a questão do roubo e ver qual das quatro hipóteses, que desde já fixámos para o explicar, se conforma, ou mais se conforma, como essa hipótese fundamental.»

# APLICAÇÃO DO PROCESSO PSICOLÓGICO

«O homem, como aliás todos os animais, tem uma vida psíquica, ou mental, composta por dois elementos opostos — aquele elemento, vulgarmente resumido à expressão "os sentidos", pelo qual entra em contacto com o mundo chamado externo, dele toma conhecimento, e com ele se relaciona; e aquele elemento que vai desde a consciência de si à inteligência abstracta, pelo qual entra em contacto com o mundo a que podemos chamar interno — o mundo das suas memórias, das suas imaginações, das suas ideias, do seu ser como o pensa e sente.

«Ambos estes elementos são necessários à vida do homem, e ambos eles são necessários em igual porção, isto é, funcionando com igual intensidade, pois, se assim não for, produz-se um desequilíbrio. Para, porém, haver equilíbrio entre duas coisas é preciso que entre elas haja uma relação. Para que dois corpos se equilibrem nos dois pratos da balança, é preciso que haja a balança. E isto quer dizer que, no fundo, na realidade, a vida psíquica do homem se compõe, não dos só dois elementos que primeiramente se notam, mas de três — esses e um terceiro a que chamaremos o sentido da relação.

«Ora qualquer elemento constitutivo da pessoa humana, ou animal até, é susceptível de existir em graus vários, dos quais os graus médios, embora sejam infinitos, constituem a chamada "normalidade", e os graus acima e abaixo desses a "anormalidade", a doença, a morbidez. Isto é verdade do corpo como do espírito, com a diferença que no corpo, que é um composto complicadíssimo, temos variadíssimos elementos a considerar, ao passo que na mente, ou espírito, basta que consideremos, dada a simplicidade da sua constituição, os três elementos que a compõem e definem — o sentido objetivo, o sentido subjetivo e o sentido relacional.

«Como, por natureza, o sentido objetivo e o subjetivo são opostos, segue que uma exaltação mórbida de um se manifesta, inversa e paralelamente, por uma depressão mórbida no outro, ou vice-versa. O fenómeno é um só: opera em sentidos opostos nos termos opostos da composição psíquica. O sentido relacional, porém, é suscetível, visto que existe, também de doença ou anormalidade; como existe para relacionar os outros dois o resultado da sua doença será uma perturbação das relações entre o sentido objetivo e o subjetivo, sem que necessariamente haja exaltação de um ou de outro e correspondente depressão ou exaltação no contrário, a não ser que esse desequilíbrio existe independentemente da doença do sentido de relação.

«Temos, assim, quatro tipos mórbidos do homem: o primeiro, em que se exalta o sentido objetivo e o subjetivo correspondentemente se deprime; o segundo, em que se exalta o sentido subjetivo e o objetivo correspondentemente se deprime; o terceiro em que o sentido de relação se exalta; o quarto em que o sentido de relação se deprime.

«O primeiro, que é normal nos animais, em quem o sentido objetivo supera em muito o subjetivo, é, quando se dá no homem, o idiota ou o imbecil. O segundo é o louco, que é essencialmente a criatura cuja vida subjetiva se exalta a ponto de ele perder a noção objetiva das coisas. O terceiro é o homem de génio; que o génio, a meu ver, e por este raciocínio, é a exaltação mórbida do sentido de relação, exaltação mórbida que tem o curioso efeito de produzir um excesso de equilíbrio, uma doença de lucidez só lucidez. O quarto, enfim, é o criminoso. O criminoso, direi então, é um idiota relacional.

«O criminoso não é o louco, embora possa ser louco, pois, como disse, pode coexistir uma doença de sentido de relação com uma doença dos sentidos objetivo e subjetivo. O criminoso não é o idiota mental, embora, pelo mesmo motivo que no outro caso, possa ser idiota mental. O criminoso raríssimas vezes, se alguma, poderá ser um homem de génio, no verdadeiro sentido deste termo, pois, como expus, o crime se baseia precisamente no fenómeno mental contrário de aquilo em que se baseia o génio. O que pode haver é momentos, fenómenos ocasionais, de depressão do sentido de relação, como os pode haver no homem normal. Creio, aliás, que o único caso onde se possa encontrar qualquer coisa parecida com a conjunção do génio autêntico e do crime, é em Benvenuto Cellini □

«Ora todos estes fenómenos que descrevi podem ser orgânicos ou episódicos. Certas circunstâncias de educação, de meio, e outras mais ocasionais em muito menor grau, podem, até certo ponto, fazer de um homem, que salvo eles seria normal, um imbecil. Certas circunstâncias, já mais fáceis de produzir, podem fazer de um homem normal um louco. Outras circunstâncias, como certos estimulantes, certos momentos de exaltação espiritual, e outras assim, podem produzir num cérebro não-genial faíscas do que, se fosse constante, seria génio. Tal homem, naturalmente normal, e portanto banal, mas inteligente, terá um momento em que escreva um soneto que fique, único dele, numa antologia. Tal outro — e isto é mais vulgar — terá um dito de espírito que voluntariamente atribuiríamos a um espírito realmente genial. O dito de espírito é, até, um dos exemplos curiosos do raro fenómeno do génio ocasional: e é de notar quantas vezes nasce do estímulo da sociedade, do do vinho, de outros assim.

«Do mesmo modo, como todos sabemos, há circunstâncias ocasionais que podem fazer do homem, que diríamos normal e de facto o é, um criminoso. Tal homem, normalmente moral, mas fraco, praticará um desfalque sob a pressão de circunstâncias desvairantes e da oportunidade traiçoeira. Tal outro, não menos normal, matará a mulher num acesso de raiva contra uma traição. Estes casos, não sendo inteiramente raros, são-o todavia mais do que julgamos. Em muitos casos de crime aparentemente ocasional, encontramos, se procurarmos bem, um fundo de anormalidade, talvez vago, talvez escasso, mas que certa circunstância ocasional violenta conseguiu erguer à superfície. O que distingue, contudo, e a todos será evidente, o criminoso-nato (chamemos-lhe assim) do criminoso ocasional, embora neste haja um vago fundo mórbido, é uma de três coisas: a desproporção entre o estímulo e a reação criminosa; a reincidência constante no crime; e a premeditação.

«O crime, porém, ocasional ou não, é sempre crime. Como, porém, tanto o crime ocasional, precisamente por ser ocasional, mostra mais claramente e mais destacadamente, visto que se dá sobre um fundo não criminoso ou pouco criminoso, a mecânica do crime, como o homem normal, ou quase normal, em quem se dá, nos é mais compreensível que o anormal, a melhor maneira de estudarmos a mecânica do crime, e, derivadamente, a alma do criminoso, é fazermos uma análise de como surge, numa alma normal ou quase, o impulso realizado ou tentado para o crime.

«A desproporção entre o estímulo e a reação criminosa é característica do criminoso louco, isto é, ou do louco que se torna criminoso, ou do criminoso em que há um elemento concomitante de loucura. A constância na prática do crime é característica do criminoso idiota, ou do idiota malévolo, tipo frequente, ou do criminoso em quem há um elemento concomitante de inferioridade mental. É no crime com premeditação que surge o exemplo perfeito, direi, até, o exemplo puro, do criminoso. Como neste tipo de criminoso se não alia à sua idiotia relacional nenhum fenómeno mórbido proveniente dos sentidos antagónicos e seu desequilíbrio próprio, como [n]este tipo de criminoso deriva a doença que o faz criminoso exclusivamente de *uma perturbação do sentido de relação*, não havemos de estranhar que haja crimes de relação em que há qualquer vaga coisa que parece génio. É que em toda a doença há qualquer coisa de esboçadamente pendular: no génio a frequente insociabilidade, que é a mesma coisa, salvo que é em menor grau, que a base do crime; no criminoso premeditado a exaltação e clareza de organização que por vezes o converte *num verdadeiro estratégico*, se bem que num campo limitado. E, a propósito mas entre parênteses: mais tarde terei que tratar do estratégico mais detalhadamente.»

♦

«Investiguemos», disse o dr. Quaresma, «qual é a alma do assassino, ou seja, quais são os fenómenos de diferença do normal que se passam nessa alma e a fazem tal.

«Ora em todo o estudo do anormal, seguiremos certos se partirmos do normal, porque este nos é conhecido. Pode parecer difícil partir do normal para o anormal, em geral, e, em particular, partir da alma pacífica do homem vulgar para a alma do assassino. Mas não é assim. É fácil, e vulgar, induzir no homem normal o estado de loucura: basta embebedá-lo. É fácil, e vulgar, que se induza no homem normal o estado de homicídio: basta mandá-lo para a guerra. O bêbado procede como um louco, e o soldado procede como um assassino. Em ambos os casos a anormalidade é ocasional. Em ambos os casos a anormalidade é produzida por qualquer coisa externa ao indivíduo — o álcool num caso, a convenção e pressão social no outro. O que temos que estudar é isto: quais são exatamente os fenómenos, pelos quais a bebedeira se aparenta com a loucura? Quais são exatamente os fenómenos pelos quais o soldado se converte em homicida?

Conhecidos esses fenómenos, basta que os consideremos como permanentes, em vez de ocasionais, que lhes coloquemos as causas dentro, e não fora, do indivíduo, para termos um conhecimento seguro da alma do louco e da alma do assassino.

«Tomemos, para exemplo elucidativo, o caso da comparação da bebedeira com a loucura. A semelhança, postas de parte as diferenças externas, é absoluta: a mesma falta de domínio de si mesmo, a mesma emergência de tendências reprimidas, por essa falta de domínio, a mesma incoordenação de ideias, de emoções e de movimentos, ou a falsa coordenação de umas ou de outras. Considere-se, por um esforço mental que não é difícil, essa bebedeira como permanente: tem-se, por intuição própria, pois todos nós nos embebedámos pelo menos uma vez, o conhecimento íntimo de como funciona a alma do louco. E temos esse conhecimento nos seus pormenores essenciais — a quebra da inibição, a perturbação emotiva, a falta de relação exata com o mundo externo.

«Consideremos, agora, o soldado. Porque mata o soldado? Por uma imposição de um impulso externo que lhe oblitera por completo todas as suas noções normais de respeito pela vida e pela lei; esse impulso externo pode ser a Pátria, o dever, ou a simples submissão a uma convenção, mas o facto é que é como o álcool que converteu o outro em louco, uma coisa vinda de fora. A guerra é um estado de loucura coletiva, mas, nos seus resultados sobre o indivíduo, difere da bebedeira: a bebedeira dissolve-o, a guerra torna-o anormalmente lúcido, por uma abolição das inibições morais. O soldado é um possesso: funciona nele, e através dele, uma personalidade diferente, sem lei nem moral. O soldado é um possesso, ou um intoxicado com uma daquelas drogas que dão uma clareza factícia ao espírito, uma lucidez que não deve haver perante a profusão da realidade.

«Direi, até, que não será errado afirmar que os grandes homens de ação são todos possessos, que a verdadeira e sã clareza está somente na investigação científica e no pensamento que se lhe segue — e é curioso que esses misteres mentais, quando continuadamente seguidos, tendem para entibiar a vontade, e indispor para a ação. Em certo modo, todos somos possessos, e a libertação abate-nos como a falta de droga com que nos intoxicamos.

«Ora estes fenómenos que se dão no soldado, e pelos quais o homem normal se converte no assassino, têm uma semelhança acentuada com os fenómenos da hipnose, que é precisamente a intromissão, num indivíduo, de uma mentalidade alheia à dele. Ora os fenómenos da hipnose são sobretudo fáceis de se dar nos indivíduos chamados histéricos, isto é, nos indivíduos que sofrem da neuropsicose a que se chama histeria.

«Não faço grande caso da designação "histeria". Podem chamar-lhe outra coisa qualquer, se quiserem. Mas existe, sem dúvida nenhuma, um estado nervoso de extrema mobilidade e instabilidade, em que uma sugestão exterior forte opera com uma facilidade notável, porque não encontra resistência nem na inibição, nem numa fixidez qualquer temperamental.

«No caso do soldado, há a notar que o indivíduo normal não é histérico, mas a guerra histeriza-o (toda a gente é histerizável), e ao mesmo tempo sugestiona-o.

«No caso do assassino, temos que considerar, como no do louco em relação ao bêbado, que o impulso, em vez de externo, é interno. O assassino é pois um histérico sugestionado de dentro.

«Ora este dentro pode ser uma de três coisas — um impulso passional e ocasional; ou uma disposição íntima do temperamento; ou (chamo para isto a sua atenção!) uma formação mental-emotiva que cria dentro do indivíduo um ser sugestionador.

«No primeiro caso, temos o assassino passional, no sentido exato do termo; quero dizer, o que assassina sobre um impulso passional imediato, sem premeditação, por, como diz o povo, "perder a cabeça". No segundo caso, temos o assassino nato, o indivíduo em quem estão nativamente obliteradas as qualidades morais fundamentais. No terceiro caso, temos um assassino a quem os psiquiatras e os criminologistas não têm prestado a devida atenção: o assassino por auto-sugestão prolongada.

«Se considerarmos, pois, que o assassino é um histérico superficial informado por um impulso epiletoide, teremos que todo o assassino é um histero-epilético.

«Nestas neuropsicoses mistas há, porém, que considerar uma coisa: é que é tão divergente a dosagem das duas neuropsicoses componentes, que os histero-epiléticos — como os outros mistos, os histero-neurasténicos — são de um grande número de classes e feitios.

«Temos, assim, três tipos de relação entre a epilepsia e a histeria nos três tipos de assassino. No assassino passional, há uma tendência histérica que, com a epiletização do momento, forma ocasionalmente a histero-epilepsia. No assassino temperamental há exatamente o contrário: há um fundo epiléptico que, com a histerização, por vezes pequena no momento, forma a histero-epilepsia. No assassino meditado, a histero-epilepsia é radical e, por assim dizer, equilibrada. Não há histerização do momento, não há epiletização do momento: há uma acumulação lenta de impulsos externos, reprimidos na sua reação imediata, ou de pensamentos que se tornam como impulsos externos.

«A mentalidade do assassino premeditado tem uma grande analogia com a mentalidade do estratégico. Todos os grandes generais têm sido epiletoide; isso é verificável nas suas biografias. Mas aqueles que têm sido, propriamente, grandes estratégicos têm sido nitidamente histéricos também. Isto vê-se nos elementos surpreendentemente femininos que há em Frederico o Grande, de um modo escandaloso, □ e no temperamento de ator de Napoleão ("tragediante! comediante!" lhe gritava o Papa).

«Mas dentro da histero-epilepsia propriamente dita, isto é, radical e equilibrada, podemos distinguir três tipos bem diferentes entre si. Há o tipo em quem a epilepsia domina a histeria, e, por assim dizer, a colora. Há o tipo em quem a histeria domina a epilepsia, e, por assim dizer, a colora. E há o tipo em quem a tal ponto se equilibram que produzem a impressão de uma terceira coisa, como o azul e o amarelo, misturados, dão uma terceira coisa, chamada o verde.

«Neste crime, dadas as suas características de premeditação e de cuidado na execução, estamos perante um assassino que é um histero-epilético radical. Mas, dada a complicação das preparações, o que parece ser o buscar de dificuldades para as resolver, estamos perante um homem que faz literatura com a ação, isto é, perante um histero-epilético radical com predominância do elemento histérico.

«O assassino, neste caso, é *acentuadamente* um histérico-epilético, porque senão não seria assassino. E, como o é *acentuadamente*, conheceremos bem o seu temperamento desde que conheçamos bem o temperamento típico do histero-epilético, necessariamente manifestado nos exemplares acentuados.

«Em todos nós há virtualidades epiléticas, histéricas e neurasténicas»

♦

«O génio, o louco e o criminoso são três casos de inadaptação. No génio a inadaptação é intelectual: é um homem que não pensa, nem pode pensar como os outros. No louco a inadaptação é emotiva: é um homem que não sente, nem pode sentir, como os outros. No criminoso a inadaptação é da vontade: é um homem que não quer, nem pode querer, como os outros.

«Como é na inteligência que mais somos nós, o não pensar como os outros envolve um *excesso* de inteligência, e por isso o génio é uma superioridade: é, por assim dizer, hipernormal e se parece doente, é que o hipernormal é necessariamente anormal. Na emoção somos, por assim dizer, em parte nós e em parte os outros; por isso o não sentir como os outros envolve um *desequilíbrio* da mente — coisa que, não sendo em si mesma nem uma superioridade nem uma inferioridade □

«Na vontade somos alheios; por isso o não querer como os outros envolve uma *debilidade* da vontade.

«Parece, a princípio, que o louco é um indivíduo que não pensa como os outros. Não é assim. Os pensamentos do louco podem ser desordenados o que são sempre é banais. A desordem nas ideias nada tem que ver com as mesmas ideias. O que caracteriza o louco é que não sente como os outros. Isto vê-se claramente nos crimes típicos de loucos. Um louco mataria, por exemplo, a pessoa a que mais quer[5].

«No criminoso há a doença da vontade. Um homem deseja intensamente dinheiro. Se é um homem normal, o resultado desse desejo intenso será trabalhar muito, negociar atentamente, ou qualquer cousa assim. É essa a maneira normal de *querer*. Sendo um criminoso, pensa logo em roubar, em falsificar. Manifestamente, é a sua vontade, a sua maneira de querer, que está errada.

«O louco confunde-se por vezes com o criminoso porque a emoção tem relações íntimas com a vontade.

«Alguns, sentindo obscuramente que há uma semelhança de inadaptação entre o criminoso e o génio, têm querido pensar o criminoso como em certo modo um forte, ou, pelo menos, um rebelde. Não o é. O criminoso é simplesmente um débil. Por maiores que sejam as suas qualidades de coragem, de persistência, ou até, de certa inteligência, o criminoso é sempre um fraco, como o louco, embora (como na paranoia) raciocine admiravelmente, é sempre inferior.»

♦

«O criminoso e o louco têm de comum o serem antissociais; diferem em o que num e noutro é distintivamente antissocial. No louco é a emoção (ou a inteligência); no criminoso é a vontade (a inteligência).

«A sociabilidade pode resumir-se (e de facto se resume) em dois instintos, que são os que contrariam os instintos egoístas ou animais — o instinto adaptativo e o instinto imitativo. Pelo primeiro tendemos espontaneamente a conformar-nos com os outros, e sobretudo com os que nos cercam, e a sentir como eles; pelo segundo tendemos espontaneamente a fazer como os outros, embora não sentirmos como eles. O segundo instinto é um desenvolvimento do primeiro; o primeiro é comum a homens e animais, o segundo é só humano.

«No louco falha o instinto adaptativo; ao criminoso (como ao homem de génio) falha o imitativo.»

## O DEPOIMENTO FINAL

Guedes estendeu de repente a grande mão esquerda e com uma hostilidade propositada, assentou-a no ombro do Borges, que, como se aquele toque o fizesse em cinzas, caiu[6], abatido e trémulo, para o assento da cadeira que lhe estava por trás.

«Dou-lhe voz de prisão por homicídio violento», disse o Guedes com voz forte e severa. «Ainda vai negar, não?»

◆

«Por qualquer razão que não tenho ciência nem inteligência para compreender ou explicar, o pensamento e a sensibilidade estão desligados em mim. É talvez por isso que, tendo tido sempre tanta vontade de ser poeta ou artista, nunca pude conseguir sê-lo. A mais violenta emoção não me invade a esfera do pensamento; o pensamento mais intenso não me invade a esfera da emoção. Senti-me sempre dois indivíduos — um a pensar, outro a sentir. Quase que vejo na minha alma o espaço que está aberto entre os dois.

«O medo, por exemplo, que parece a emoção mais própria para desvairar, deixa-me calmo de pensamento para me desviar do risco. Posso tremer como varas verdes, mas penso, nesse próprio momento, como uma lâmina de aço.

«Confesso que hesitei um pouco, adentro de mim mesmo, e no próprio plano. Pareceu-me que estava traçando um daqueles planos da insónia, tão claros em todos os seus pormenores, tão ligados em todos os seus elementos, e que, passada a vigília e diante do dia, se desfazem como coisas absurdas, que é incrível que nos atravessemos a considerar realizáveis. Mas depois refleti que, muitas vezes, esses próprios planos de quem não dorme não representam propriamente um absurdo, mas uma audácia. Relembrei algumas cousas pensadas assim, e que deixei depois de pensar em fazer, mas que, na verdade, outro poderia realizar. Refleti que a realidade não só nos mostra obstáculos, mas nos tira vontade.

♦

«Mostrou-me a experiência da vida que nunca se devem fazer planos detalhados ou demasiadamente concretos para contingências futuras. O que há é assentar num plano geral, abstrato, seguro nessas simples linhas gerais, linhas gerais que são traçadas de modo a circunscrever todas as contingências, e depois, no pormenor das ocorrências, reduzir esse princípio ao concreto de acordo com a emergência material.

«O meu plano geral era sugerir sempre o mistério do suicídio. Sugerir o mistério do suicídio é sugerir o suicídio, mas é sugeri-lo implicitamente. Eu não diria: "Ele suicidou-se"; eu diria "Mas porque é que ele se suicidaria?" Não afirmava: pasmava. Dava como aceite, assim insinuava, o suicídio; mas pasmava dele, para que o desse sempre como afirmado por outrem; e criava um problema, um mistério, com a atração de todos os mistérios e de todos os problemas.

«O problema psicológico é o que domina a humanidade. A maior parte da má-língua corrente é a discussão do feitio psíquico dos outros. E é mais fácil de atrair com o problema psicológico de "porque se suicidaria ele?" do que com o problema puramente material, "Porque é que o matariam?", se esse pudesse ser posto, ou me conviesse levantá-lo.

◆

«Uma qualidade tenho, embora não tenha senão essa. Sou de um sangue-frio mental absoluto. Posso estar a ferver de ódio, a fremir de desejo, a tremer de medo. Não perco o comando de mim nem dos meus gestos; nada se me obnubila quando observo; não erro um passo. É curioso que, por mais bêbado que esteja, não sou capaz de cambalear nem de tartamudear. E, em plena tontura, se não digo coisas certas, sou, em todo caso, incapaz de dizer o que não quero. Isto não é força de vontade: é uma coisa natural, de temperamento.

◆

«O meu principal cuidado, ou, antes, os meus dois principais cuidados, estavam em fazer crer que se tratava de um suicídio, e em desviar de mim qualquer suspeita, leve que fosse. Para isto, sabia eu desde logo, pelo menos, o que não haveria de fazer. Não havia de sugerir o suicídio. Uma insistência no suicídio, por insinuada que fosse, tornar-me-ia suspeito, ou, pelo menos, tenderia, em horas infelizes, a tornar-me. E uma vez suspeito, quem mediria o seguimento, pois pode ser que nos contos policiais o ser suspeito seja o estar livre de suspeitas, mas assim não é na vida.

«Pus a mim o seguinte problema: posso eu levar a polícia a crer num suicídio, sem a levar a suspeitar, de qualquer modo, que eu tinha empenho em fazê-la crer?

«O caso estava, desde o princípio, orientado praticamente para parecer um suicídio. O meu primeiro movimento, que eu deveria tornar absolutamente impressivo, era de não poder acreditar que fosse um suicídio. Depois, constatado que fosse o suicídio pelas autoridades médicas, a minha atitude consistiria em afirmar o meu pasmo, e em acentuar o problema levantado por um suicídio nessas condições.

«E desde que levantasse o suicídio como problema ou mistério, o caso estava resolvido, e, quanto mais inteligente fosse o investigador, mais isso seria fácil. É sempre mais fácil manobrar o espírito de um homem inteligente que o de um estúpido. E a prova é para mim recente: nem o dr. Quaresma, nem o Juiz de Instrução, me teriam apanhado em falso como o agente Guedes...

«A atração de um mistério é maior que tudo.

♦

«O início íntimo dos crimes é às vezes uma cousa imponderável. Talvez se o Carlos Vargas nunca me tivesse tratado com essa superioridade tanto mais insultuosa quanto não era propositada, com esse meio-desprezo que era pior que o desprezo inteiro — porque neste havia, ao menos, qualquer coisa — com mais atenção —, a ideia do homicídio nem me tivesse sequer ocorrido, nem como sonho ou devaneio. Lembro-me que, quando essa ideia me ocorreu, senti um prazer que, aparentemente, nada tinha que ver com a própria ideia, que tinha um propósito prático, utilitário e que excluía tanto o prazer como a comiseração. Estou encerrado agora na cadeia, doente, degradado, com a certeza da condenação extrema e do degredo. Pois bem, repito: arrependo-me da inutilidade de todo o crime; do próprio crime não me arrependo.

◆

«O meu primeiro pensamento foi em de tal modo arranjar as coisas que o assassínio parecesse um suicídio. Mas refleti que esse processo, ainda que eu conseguisse fazê-lo projetar-se perfeitamente na prática, traria uma grave desvantagem, fácil de compreender por um psicólogo que não fosse superficial. Uma vez que se desconfiasse do suicídio — e alguém poderia desconfiar — surgia a hipótese do crime; e, surgida a hipótese do crime, estava-se num caminho por onde não havia certeza de até onde se chegaria. Não: o mais simples era fabricar um suicídio que se parecesse com um assassínio, para que uma investigação mais atilada descobrisse que o crime aparente era um suicídio "real"; ninguém mais pensaria que era um assassínio, ninguém mais duvidaria de que se tratasse de um suicídio. Abdicamos do nosso primeiro pensamento; não abdicamos do segundo. A vaidade humana pode ceder no sentido de se reconsiderar; é rija demais para se poder reconsiderar o que se reconsiderou. Da primeira impressão podemos afastar-nos; não nos afastamos da segunda.

«As circunstâncias não só tornavam propício o meu intuito latente, mas, positivamente, o tornavam realizável em toda a sua plenitude. Que coisa mais extraordinariamente de acordo com o que eu queria do que um suicídio no meio de uma azinhaga! Todos verificariam que era crime; depois todos refletiriam, pelos factos, que era suicídio. E, à parte o que eu já pensara, acrescia que o mistério maior era ser suicídio, ali, àquela hora, naquele lugar. E o infalível romantismo humano levaria todos a preferir supor suicídio, desde que parecia provável que o houvesse, a supor crime, pois o maior mistério estava do lado do suicídio.

«Tive sempre, como qualidade natural e constante, uma grande frieza de espírito, e uma grande calma para pensar. Não sendo valente, nem supondo que o seja, tenho contudo a curiosa qualidade de não me deixar desvairar pelo próprio risco — direi mais, pelo próprio medo. Posso tremer como varas verdes: penso sempre como uma lâmina de aço.

◆

«Estava calmo — de uma calma que chegava a irritar-me, de postiça e ao mesmo tempo natural, que era.

«Levei de casa quatro volumes (grossos) da *História de Portugal* de Pinheiro Chagas. Entrei no escritório com eles — o deixá-los lá era a razão de lá ir de noute, se alguém visse ou se interessasse. Saí com o sobretudo e outras coisas na mala do patrão. Voltaria de manhã com tudo; levaria os 4 volumes. Tinha que os entregar a alguém. Deixá-los-ia no Café Montanha, onde sou conhecido, pedindo que m'os guardassem. Assim ambas as minhas idas ao escritório estavam justificadas. Da mala ninguém curaria. De resto, não faltava mala nenhuma no escritório.

◆

«... como se o pasmo se erguesse e eu visse de repente, todo claro, o cenário do crime.

«Não sei contudo dizer bem o que subitamente compreendi em mim. Nunca, até esse momento, me tinha passado pela cabeça a ideia de matar o Vargas. As minhas razões de queixa eram grandes, mas ficava sempre em mim uma espécie de vago. Certa mobilidade de temperamento fazia com que tão depressa pensasse nas ofensas recebidas como me esquecesse delas. Parecia às vezes esquecê-las no próprio momento em que me ocorriam. Nesse momento, porém, o que senti não foi a brusca intenção de matar o

Vargas, como coisa nova. Não: senti que tinha enfim a oportunidade de realizar uma coisa há muito pretendida, como se a ideia de matar o Vargas estivesse morando há muito, escondida ou mascarada, em qualquer recanto da minha alma. Senti para trás, às avessas: senti que tinha sempre querido matar o Vargas, sem o sentir nem saber.

«Fiquei pasmado sem emoção — a olhar para dentro de mim como para uma paisagem qualquer, descoberta sobre o mar ao virar um ângulo da estrada. E desde logo, automaticamente — quero crer que no mesmo momento em que assim me analisava — comecei — eu ou um segundo eu — (e deveria dizer comecei ou continuei?) a elaborar nos seus pormenores futuros a morte do Vargas.

«Senti-me despersonalizado. Nem era como se estivesse elaborando o entrecho ou a efabulação de uma peça. Nisso haveria mais entusiasmo. Estava mais dormente, como na insónia com vontade de dormir, em que o espírito vela com o sono do corpo à roda, como uma luz com a sombra da mesa no chão. Tive, quanto muito, uma vaga pena de estar pensando assim — mas não sei porquê.

«No entanto, como se estivesse pensando e vendo separadamente, vi desenrolar-se diante da minha imaginação a fita cinematográfica do crime. Parecia mais estar vendo profeticamente o que haveria de ser sem que eu agisse, do que planeando o que eu mesmo haveria de executar. Normalmente, esta atitude é a dos pequenitos mentais, condenados de nascença a nunca se fazer um gesto pelo simples princípio de o realizar. Mas, ao pensar isto, não o pensava. Qualquer coisa obscura me dizia que isto não era como aquelas imaginações da insónia, impraticáveis pela falta de audácia e de vontade complexa no sol do dia. Um movimento hesitante dentro de mim parecia levar-me, como se eu fosse num comboio, incerto mas indo, para uma realização inevitável, fácil, imposta, à minha ausência de vontade pela vontade suplementar do Destino.

«Por fim unifiquei-me, (como que desperto e completo ao sol o que vinha elaborando, passivo, na penumbra.)

«Comecei a pensar praticamente em como realizar o meu intuito. Fi-lo ainda sem emoção, com quem recebe uma ordem, nem por isso muito complexa, e se dispõe e prepara para a executar. O meu cérebro estava lúcido como se fosse de outra pessoa. Não que eu seja habitualmente pouco lúcido; não posso porém descrever a lucidez que eu agora sentia senão desta maneira. Não era uma lucidez anormal: era uma lucidez alheia.

«Comecei por considerar os perigos e dificuldades do que queria fazer. Mas — coisa curiosa! — os perigos não me surgiam como coisas que temer, mas simplesmente como coisas que evitar; e as dificuldades pareciam-me episódios de um filme qualquer, puramente mental. Cheguei a pensar, vagamente, num intervalo qualquer de não sei quê, se estaria doido; mas quase que me senti sorrir, sossegado, ao sentir um deslizar fácil e não voluntário do meu ser todo para um plano inclinado sem saliências. Ocorreu-me um episódio já longínquo, de quando, várias vezes, tive aquela forma de mediunidade chamada escrevente — a escrita automática. Todo o meu espírito ia agora como então no braço direito, um pouco insensível um pouco ainda meu, mas aéreo, rápido, personalizado.

«Neste estado confuso de clareza estive não sei quanto tempo. Nestes estados de alma o tempo não é um elemento compreensível. Quando, como quem se levanta, emergi destas meditações em pensamento, verifiquei que alguém por mim — eu mesmo talvez — tinha já elaborado, enquanto eu tardava, o plano completo do crime.

«O plano apareceu-me de um modo estranho, principalmente visual — através de indumentária vista, ruas vistas, casas, esquinas à noite, o guarda-noturno, o meu próprio regresso final a casa, onde a luz do gás ardia sempre, depois de tudo consumado.

«Escuso de delinear o plano. Ele ficará claramente exposto através dos pormenores da sua execução. Em outras palavras: contando como o executei, mostrarei o que ele era, e não terei que dizer a mesma coisa duas vezes. De resto, não houve divergência nenhuma entre o plano e a sua execução. Pensei-o bem, e não surgiu qualquer circunstância acidental e imprevista com que tivesse que modificar, no momento, qualquer pormenor do que pensara.

«O patrão tinha guardado lá em baixo no escritório, de que eu era um que tinha as chaves, um sobretudo escuro, ótimo de fazenda, umas polainas, umas luvas, um chapéu mole escuro, e uma mala de viagem, pequena. Tinha outros artigos de vestuário, mas esses não vi com a imaginação, pois espontaneamente via o de que precisava. Em casa tinha eu uns óculos sem graduação, que me haviam servido no teatro uma vez. Um bigode preto, que, pela mesma razão, tinha tido, completava a personalidade exterior com que eu haveria de encontrar o Vargas em Benfica. A minha estatura e corpo e os do patrão diferiam insignificativamente.

♦

«A tática, com que o agente Guedes me apanhou é um exemplo da deplorável superioridade da manha sobre a inteligência nas ocasiões tensas e extremas. Não creio que o sr. dr. Quaresma, que teve a inteligência de me descobrir, tivesse, sem a minha vontade, a inteligência de me derrotar.»

# O PERGAMINHO ROUBADO

«Está ali este senhor que lhe quer falar.» O criado estendeu-me o cartão, onde eu, tomando-o na mão, li, não sem um certo espanto, estes dizeres inexplícitos.

ABÍLIO QUARESMA

DECIFRADOR

«Quem é este indivíduo? Que aspecto tem ele.?»
«É um sujeito assim-assim...» hesitou o criado.
«Mas vestido como? Bem vestido?»
«Não senhor, mas não é nenhum operário nem nenhum sujeito ordinário.»
«Está bem, mande-o entrar.»
Pouco depois abriu-se-me a porta para admitir um indivíduo que, com efeito, não desmentia a descrição ingénua do criado.

Era um homem de estatura média, magro, bastante magro — alguns diriam mesmo esquelético — trajando um fato cinzento que ou era muito mal feito ou estava muito mal tratado ou ambas as coisas. Usava colarinho mole, baixo, desarranjado, e a gravata, preta e simples, tinha o nó dado desleixadamente e o tecido a descair-se para um lado.

Num golpe de vista apanhei-lhe este aspecto geral. Depois fixei-me na fisionomia dele. Era curiosa, muito curiosa mesmo, mas não à primeira vista. A cara, chupada e de má pele, era entre morena e clara, pálida de seu hábito; o nariz, ligeiramente adunco, era estreito e um pouco torto; a boca, de tamanho médio, punha uma nota de força na fisionomia deprimida e fraca, porque era fechada e de lábios delgados. Via-se que o queixo era subterrado atrás da barba castanha, rala, mal tratada, que ele cofiava constantemente a um ponto febril, mas lento, que acentuava a meus olhos as mãos longas e delgadas, ossudas e sem beleza de cor. A testa, onde o cabelo parco se desmanchava, era alta e larga, *plena* como poucas testas que eu tinha visto. Sob as sobrancelhas cerradas brilhava um pouco baçamente — não tenho outro modo de o dizer — um olhar em que pude observar duas curiosas particularidades — a de sendo constantemente incerto de direção, ter todas as características de um olhar fixo; e a, de quando nos falava, parecer sempre estar olhando, não para nós, mas por cima de nós, por mais de um palmo, por cima da nossa cabeça, ou mesmo, para falar mais absurdamente, por cima daquilo que nós estávamos dizendo.

Reconheço que não consigo, com esta tentativa de observação, dar uma ideia física do dr. Quaresma.

♦

Era um homem de estatura acima daquela que é média entre portugueses, magro, quase aquilo a que chamamos escanzelado, bastante curvado, o ar melancólico e deprimido, a cor má, terrosa e baça, o rosto vincado por sulcos tanto de magreza como de depressão. Ao primeiro relance, o *facies* dava a impressão de uma vaga assimetria, que uma análise mais demorada encontrava difícil de localizar, enquanto não acertava com a sua sede no acentuado estrabismo divergente, na contração um pouco hemiplégica da boca, em sossego regular, fria, de lábios delgados e sem cor, e na má posição da cabeça que, como nos fracos, tendia sempre a não se manter ereta e firme sobre o pescoço longo. A cara era comprida, o queixo retraído e débil, a expressão geral de apagamento e hesitação, mais vincada ainda pela relativa proeminência do nariz aquilino e estreito, e pela dominação poderosa de uma testa que, sem ser desproporcionalmente grande, destoava, contudo, na sua saliência relativa do apagamento da parte inferior do *facies*.

Tinha uma barba rala, mal tratada, como mal tratado era o cabelo, ralo também. A cor de ambos era de um castanho ligeiramente claro. Os olhos eram castanhos também, mais claros do que escuros; além do estrabismo de que já falei tinham uma expressão vaga, perdida, de uma concentração interior inquieta e palpitante.

Todo o hábito exterior do homem — desde a sua posição física até ao seu traje — marcava aniquilamento e desleixo, sem que a assinatura de um vício especial ou de um mau hábito notável revelasse uma causa nítida. Todo o homem indicava um desses falhados da vida que nunca são nada, que perdem todas as oportunidades, que desleixam todos os assomos da sorte, mas em quem não há energia para um impulso criminoso, vitalidade para a existência de um vício, ou alegria para a naturalidade de uma *sans-façon* boémia.

O fato amarrotado, de uma destas cores aparentadas com o cinzento que são escolha habitual dos desleixados e dos lentos, completava o aspecto abatido e fraco do homem que se me apresentava.

Apesar de tudo, qualquer [coisa] de simpático havia nele, fruto talvez da sua patente inofensividade, ou da aliança desta, por ventura, com aquele indício de superioridade inusada que saída da testa serena quase calva, da atitude pensativa do rosto, da expressão quietamente analítica do olhar.

Tal me apareceu, e assim medi, o dr. Abílio Quaresma, Decifrador.

Durante a conversa pude notar mais uns detalhes extremamente interessantes. A voz dele era, na verdade, a voz ligeiramente trémula, um pouco baixa dos tímidos; mas tão absoluta era a indiferença que ele mostrava para com todas as coisas e toda a gente que compunham o mundo exterior, que essa timidez nunca se revelava completamente.

O mesmo contraste se manifestava na sua atitude física. Essa era — não outra coisa era de esperar — desajeitada e *gauche*; mas, tão manifesta era a indiferença que o homem tinha por que ela fosse essa ou outra, que essa *gaucherie* tomava o aspecto de um *sans-façon* absoluto.

Fumava ininterruptamente charutos, acendendo um após outro, e tirando sempre um novo charuto da algibeira de baixo da direita do casaco largo. Pelas cintas, que ele rasgava logo ao tirá-los da algibeira, verifiquei que eram os vulgares Peraltas de 25 réis, escuros.

As mãos eram longas e ossudas, com unhas roídas. O modo de olhar para as pessoas era como se elas não estivessem ali.

Na conversa falava com uma abolição total de fórmulas de cerimónia ou de tom cerimonioso.

Quando entrou apertou-me imediatamente a mão.

«É o sr. Carlos Cerqueira, não é verdade? Pois eu venho cá indicado pelo sr. Sampaio Costa, que me diz que o sr. tem um problema interessante que gostava de ver resolvido. Como não tenho nada que fazer, costumo dedicar-me à solução do que os outros não podem resolver. Desde que deixei de ser charadista, continuo sendo-o desta maneira.»

A frase paradoxal apareceu-lhe de modo mais natural deste mundo, como se não fosse nada paradoxal.

Agradeci a visita dele, mas tratei logo de lhe explicar que o problema nada tinha que pudesse ser tratado desse modo ligeiro. Era, pelo contrário, de uma singular dificuldade, e só um investigador muito paciente e habituado a fazer pesquisas desta ordem me parecia apto a ver claro nele. Escapou-me esta frase, mas, na verdade, o homem que estava diante de mim, com o seu aspecto geral de não se ralar com coisa alguma, não me parecia homem para andar por cima de telhados a buscar rastos de gatunos, ou para ir fazer investigações pela Mouraria ou por Alfama.

O dr. Quaresma sorriu e cofiou lentamente a barba.

«Não é nada do que o sr. pensa. O sr. julga que as minhas investigações são investigações por assim dizer físicas, que sigo gente, e examino o local do crime, e tomo medidas no chão. Não é nada disso. Eu resolvo os problemas, em geral, sentado numa cadeira, em minha casa ou noutra parte qualquer onde me possa encostar confortavelmente, fumando os meus charutos Peraltas, e aplicando ao estudo do crime praticado aquele raciocínio de natureza abstrata que foi o triunfo dos escolásticos e é a glória bizantina dos homens que argumentam sobre puras futilidades.»

E, enquanto eu estava absorvido em tentar compreender tudo isto, ele continuou:

«Compreenda-me bem. Não há método especial para coisa nenhuma. Todo e qualquer método serve, logo que seja empregado à *outrance*, com absoluta fidelidade aos seus próprios princípios, e com uma absoluta exclusão de quaisquer elementos tirados de outro método qualquer. Eu, que sou por índole um subjetivo e um raciocinador, (nasci assim) emprego como método sempre, em todos os casos, o raciocínio, o raciocínio puro e simples, desacompanhado de observação ou de qualquer coisa comparável à experimentação — só o raciocínio, o raciocínio apenas. Parto de um ou dois factos simples, que começo por assentar, que começo, só pelo raciocínio, por verificar que são realmente factos; e daí, de olhos fechados, sozinho com a análise e com a síntese, parto à descoberta da verdade. Salvo casos especiais — pouquíssimos na minha vasta experiência de pensador intuil —, acerto sempre, e acerto porque nunca faço senão raciocinar, nunca me desvio do meu caminho interior.

«O sr. deve ter ouvido dizer que é essencial a observação, que é essencial a atenção, que é essencial a concentração. Não acredite nisso. A atenção, a observação, a concentração, a experimentação, são essenciais aos indivíduos que, incapazes de seguir um só método com tenacidade instintiva, têm de suplementar a sua fraqueza natural pelo emprego de vários métodos, única forma de conseguirem qualquer cousa. Só a atenção, estou convencido, dá tudo quanto se quer. Eu sou um desatento, por feitio, e portanto não penso em empregá-la; nem penso em cultivá-la, porque é sempre absurdo a gente querer fazer de si o que a Natureza não quis que nós fôssemos. Se eu fosse bêbado por feitio, bebia sem procurar emendar--me; a responsabilidade é puramente da Natureza. Como estou convencido que só a atenção basta como método, estou convencido que só a concentração basta, que só a observação basta. Não emprego nem uma nem outra, destas duas, pela razão que o sr. já sabe, porque não sei observar, por índole, e porque nunca pude concentrar o pensamento sobre qualquer coisa. Se raciocino ligadamente é que para raciocinar não preciso pensar em que raciocino. Raciocino como respiro. Não acho valor nenhum a isso. Nada como ser modesto.»

Deitou fora a ponta de charuto, tirou outro da algibeira, rasgou a cinta, trincou a ponta e acendeu-o. «Agora» disse por fim, «que o pus à vontade sobre as minhas qualidades de solucionador de problemas difíceis, queira ouvir os dados que há para a solução deste seu problema...»

Quaresma ergueu a mão, num gesto para um não falar ainda.

«Antes de entrarmos no assunto, disse, queria que ficasse assente uma coisa, aqui entre nós e em boa camaradagem.»

«Diga, diga», repliquei.

«É que me é absolutamente indiferente o que o sr. possa pensar a respeito de tudo quanto eu lhe disse.»

E de tal modo fez a observação que eu a aceitei como natural, como a coisa mais cortesmente possível neste mundo.

# O CASO DA JANELA ESTREITA

«O raciocinador, se é deveras um raciocinador, tem o escrúpulo da abstração, e escrúpulo de eliminar o mais possível a sua personalidade. Tem isto naturalmente, porque se é raciocinador por temperamento, e não por vontade. Mas, se é este, na verdade, o caminho próprio do raciocínio, às vezes é o caminho impróprio. O raciocinador elimina as intuições, e faz bem; mas às vezes as intuições são certas, e nesse caso faz mal. O raciocinador elimina os preconceitos de temperamento ou de profissão, e assim deve fazer; mas às vezes esses preconceitos levá-lo-iam pelo bom caminho, e, quando os abandona, abandona também esse bom caminho.

«Aqui o Abílio, quando raciocina, tenta converter-se, espontaneamente, numa máquina de raciocinar. Despe o Abílio, despe o Fernandes, despe o Quaresma; despe o ter quarenta e tantos anos — quarenta e oito, não é?...»

Quaresma cabeceou que sim.

«... Despe o ser médico, despe o morar na Rua dos Fanqueiros — em resumo, meus senhores, separa-se de tudo isso. Ora neste caso procedeu como em todos os outros, e numa coisa fez mal. Fez mal em se esquecer que era médico. Se lhe tivesse passado pela cabeça — o que não podia ter acontecido — que a janela estreita podia ser considerada do ponto de vista médico, a solução estaria à mão, à mãosíssima, como dizia um garoto que conheci [há] muito tempo.»

«Mas», atalhou Guedes, «como é que uma janela estreita pode ser considerada do ponto de vista médico?»

«Como fenómeno de simulação ou ficção histérica.


«O raciocinador tende, em geral — reparem para os filósofos — a criar um dogma numérico para as suas hipóteses. Em geral é o número três o escolhido, mas há os que se guiam por outros números. Eu explico melhor: em geral os raciocinadores tendem a considerar que qualquer caso tem um certo número de hipóteses. O número mais usual é três — a tese, a antítese e síntese da dialética platónica.

«Mas a realidade tem possibilidades intermédias, e o mais certo será dizer que em qualquer caso o número de possibilidades é indefinido, o número de probabilidades grande e incerto, o número de grandes probabilidades pequeno mas incerto também — irregular, variável de caso para caso.

♦


«Contra argumentos não há factos», disse o Tio Porco. «Um facto é uma impressão complexa, com que colabora, com a falibilidade natural dos sentidos, toda a horda de preconceitos e de ilusões de que é feita a alma com que ouvimos e vemos. O argumento é uma tentativa, feliz se é feliz, de reduzir o facto a si mesmo. Recebemos o facto, em geral, através de testemunhos. Estes nunca coincidem. O argumento tem por fim ver em que coincidem, eliminar o que o erro, ou a paixão, ou a imparcialidade meteram neles, e depois tentar ver o que é que aconteceu, se de facto aconteceu qualquer coisa, o que nem sempre se terá dado.

«O argumento é, pois, uma tentativa de achar o que os sentidos esqueceram. O argumento é essencialmente uma classificação de factos, a minuta de uma ação contra a sensibilidade e os sentidos. O único depoimento válido é, pois, o de quem não teve a infelicidade de ser testemunha presencial.»

O Guedes olhava atónito este singular orador. Acostumado aos raciocínios de Quaresma, que conseguia seguir e compreender, desnorteava-o — via-se-lhe nos olhos — este novo modo de raciocinar, em que o pensamento seguia aos saltos, sem ritmo nem própria lei, em que se pensava por títulos de capítulos, em vez de por parágrafos sequentes, em que a frase legitimamente raciocinadora cedia o passo a outra, mais falsa, porque mais brilhante.

♦

«A inteligência humana, disse o Tio Porco, pertence a uma de três categorias. A primeira categoria é a inteligência científica. É a sua, sr. Chefe Guedes. A inteligência científica examina os factos, e tira deles as suas conclusões imediatas. Direi melhor: a inteligência científica observa, e determina, pela comparação das coisas observadas, o que vêm a ser os factos.

«A inteligência filosófica — esta é a tua, Abílio — aceita, da inteligência científica, os factos já determinados e tira deles as conclusões finais. Direi melhor: a inteligência filosófica extrai dos factos *o facto*.»

«Isto está muito bem dito», atalhou Quaresma.

«Está pelo menos compreensível», respondeu o Tio Porco. Ora, além destes dois tipos de inteligência, há outro, a meu ver superior, que é a inteligência crítica. «Eu tenho a inteligência crítica», acrescentou com naturalidade.

O Tio Porco parou, extraiu uma mortalha, vazou para dentro [d']ela um pouco de tabaco de uma tabaqueira velha, e depois enrolou com lentidão um cigarro. A mortalha, reparei, ficou suja só da pressão dos dedos ao enrolá-la. O Tio Porco tirou da algibeira uma caixa de fósforos de pau, alumiou um, acendeu o cigarro, e depois continuou.

«A inteligência crítica nem possui a observação que é a base da inteligência científica, nem o raciocínio que é o fundamento da inteligência filosófica. Parasitária, indolente até, por natureza, como são as classes cultas e aristocráticas em relação às outras, ela vive apenas de ver as falhas que as suas antecessoras, por assim dizer, tiveram. Sobretudo vê as falhas da inteligência filosófica, que, por abstrata, é mais da natureza dela.

«A inteligência crítica é de dois tipos — instintivo e intelectual. A inteligência crítica instintiva vê, sente, aponta, as falhas das outras duas, mas não vai mais longe; indica que está errado, como se o cheirasse, mas não passa disso. A inteligência crítica propriamente intelectual faz mais que isto: determina as falhas das outras duas inteligências, e, depois de as determinar, reconstrói, re-elabora o argumento delas, restitui-o à verdade onde ele nunca esteve.

«A inteligência crítica do tipo intelectual é o mais alto grau da inteligência humana. Eu tenho a inteligência crítica do tipo intelectual.»

Como o cigarro se houvesse apagado, o Tio Porco, com a lentidão de antes, acendeu-o de novo.

«Ora as falhas da inteligência científica e da inteligência filosófica são de duas ordens — as falhas gerais e as falhas particulares. Por falhas particulares entendo as falhas peculiares de cada caso, que não pertencem à essência desse tipo de inteligência, mas ao seu contacto com determinado assunto. Por falhas gerais entendo, é claro, aquelas que são substanciais nesses tipos de inteligência.

«Ora a falha essencial da inteligência científica é crer que há factos. Não há factos, meus amigos, há só preconceitos. O que vemos ou ouvimos, ou de qualquer modo percebemos, percebemo-lo através de uma rede complexa de preconceitos — uns longinquamente hereditários, como são os que constituem a essência dos sentidos, outros proximamente hereditários, como são os [que] constituem a orientação dos sentidos, outros propriamente nossos, derivados da nossa experiência, e que constituem a infiltração da memória e do entendimento na substância dos sentidos. Parece-me que estou sendo um bocadito abstruso de mais, mas eu explico.

«Vejo aquela mesa. O que vejo, antes de mais nada — antes num sentido lógico, ou biológico, se quiserem — é uma coisa de determinada forma, de determinada cor, etc. Isso é o que é da longínqua hereditariedade dos sentidos, pois isso veem, com pequeníssimas diferenças, dependentes da estrutura pessoal dos órgãos dos sentidos, os outros homens exatamente como eu, e, naturalmente, os próprios animais de modo pouco diferente do que eu. Vejo, depois, no mesmo sentido de depois, uma mesa — o que só pode «ver» quem tenha vivido num lugar, ou uma civilização, onde existem mesas, coisas daquele feitio a que se chamam «mesas». É esta a visão nascida da minha hereditariedade próxima — próxima, é claro, em relação ao que a outra é de longínqua. E vejo, finamente, uma mesa que está associada no meu espírito a variadas coisas. Vejo tudo isto, todos estes três elementos de preconceito, com a mesma visão, com o mesmo golpe de vista, consubstanciados, unos.

«Ora o defeito central da inteligência científica é crer na realidade objetiva deste triplo preconceito. É claro que à medida que nos afastamos do preconceito pessoal em direção ao preconceito por assim dizer orgânico, aproximamo-nos, não direi do facto, mas da comunidade de impressões com as outras pessoas, e assim do "facto" efetivamente, mas não num sentido teórico, senão num sentido prático. A realidade é uma convenção orgânica, um contrato sensual entre todos os entes com sentidos.»

«Se V.ª E.ª me dá licença, atalhei eu, esse seu critério, que não discuto, nem teria argumentos para discutir, parece-me, em todo o caso, conduzir-nos à convicção da inutilidade absoluta da observação, da ciência, enfim, realmente de tudo.»

«Não é bem assim», respondeu o Tio Porco. «Se o sr. quer dizer que nos leva a crer na intangibilidade da verdade objetiva, estou de acordo. Mas não, a verdade, ou meia-verdade, subjetiva tem a sua utilidade, uma utilidade, por assim dizer, social: é o que é comum a todos nós, e portanto para todos nós, em relação uns aos outros, é como se fosse efetivamente a realidade absoluta. Acresce que, na maioria das circunstâncias da vida prática, nós não precisamos conhecer os factos, mas apenas uma ou outra faceta deles, relativa a nós ou aos outros, para nossa utilidade. Por exemplo: aquela mesa está colocada ali à entrada da casa. Que precisa o sr. saber ao entrar aqui a respeito dela? Que é uma mesa e que está ali. É quanto o sr. precisa saber para não esbarrar com ela, que [é] o único "facto" importante para quem entra neste quarto. Para não esbarrar com ela o sr. não precisa saber se ela é feita de uma coisa chamada pinho, ou de uma coisa chamada casquinha, ou de uma coisa chamada pau-santo.»

Como o cigarro de novo se lhe apagara, o Tio Porco de novo o acendeu.

«Nós temos, neste caso, um erro típico da inteligência de tipo científico. Foi o do sr. Chefe Guedes quando, informado do mau carácter do filho do ourives, e informado também de que ele frequentava muito a loja, desconfiou logo dele. Ora, concedendo que esse mau carácter seja um facto, a verdade é que não é necessariamente um facto adentro do esquema de factos que, somados, constituem os factos deste crime, ou seja, o facto deste crime. O crime é um facto, o mau carácter do rapaz é outro facto. Os dois juntos podem não formar um novo facto, que seria a relação causal do rapaz com o crime.

Em vez de partir, com faria a inteligência filosófica, e fez aqui o Abílio, dos factos do crime para a conclusão do criminoso, o sr. Chefe Guedes ligou dois fenómenos simplesmente por serem factos, e apenas por uma certa contiguidade, por assim dizer, o que é tão lógico como se se ligasse o facto de que me caiu agora a cinza do cigarro com o facto ali de aquele senhor se estar a assoar, simplesmente por esses dois fenómenos se darem a dentro do mesmo quarto.»

O Tio Porco, que tinha com efeito sacudido a cinza, aliás para cima do próprio casaco, tornou a acender o cigarro.

«Isto, porém, é um pouco fora do assunto, porque não são os erros da inteligência científica em geral, e do sr. Chefe Guedes em particular, que neste momento interessam. De resto, já o Abílio, no seu papel de inteligência filosófica, afastou esse erro particular. É verdade — eu falo assim abstratamente, e às vezes esqueço-me... Não se ofenda o Sr. Guedes de um falar nos seus erros... Isto...»

«De modo nenhum, exclamou Guedes. De modo nenhum. Além de tudo mais, V.ª Ex.ª tem toda a razão.»

«Bem, está bem, é isso que eu quero que se entenda. Ora vamos agora aos defeitos da inteligência filosófica em geral, e aos do Abílio Quaresma em particular, e aqui neste caso.

«A inteligência científica cai no erro de crer nos factos como factos porque é essencialmente baseada na observação, que dá os factos. A inteligência filosófica cai no seu erro próprio porque é essencialmente baseada no raciocínio, que dá as conclusões. Ora o erro essencial da inteligência filosófica...»

«Já sei o que o tio vai dizer», interrompeu Quaresma, sorrindo. «É que esse erro essencial é não tomar conta de todos os factos que formam o facto que se estuda, e assim tirar conclusões de dados insuficientes.»

«Eu não ia dizer isso, filho», respondeu o Tio Porco. «Isso não é um defeito do raciocínio, é apenas um defeito do mau raciocínio. E o mau raciocínio não é, — pelo menos teoricamente, atalhou sorrindo — a essência do raciocínio.

«O defeito central da inteligência filosófica é objetivar-se, ou antes, objetivar o que não é senão o seu método, quer atribuindo às abstrações, de que forçosamente se serve, um carácter de "coisas", quer atribuindo ao decurso das coisas aquela regularidade, aquela lógica, aquela racionalidade que são forçosamente pertença do raciocínio, mas não daquilo sobre que ele raciocina.

«Os raciocinadores dos séculos XVII e XVIII, sobretudo em França, que supunham que o homem procede racionalmente, erraram toda a psicologia que tinham com essa presunção racional, mas absurda. Isso, é claro, é o erro que citei na sua forma mais crassa. Nessa forma não o cometes tu», disse o Tio Porco apontando para Quaresma. «Mas esse erro tem formas mais subtis...Uma delas é a de supor que todo o procedimento pensado é necessariamente racional, ou, em outras palavras, que toda a premeditação é lógica.»

«Não percebo bem», atalhou Quaresma. «O tio quer dizer que a inteligência filosófica tende a crer que toda a premeditação é bem feita, e que todo o cálculo é exato?! Mas isso seria um erro mais que crasso! Nisso ninguém caiu, nem ninguém acreditou, com ou sem inteligência filosófica! Isso seria crer na infalibilidade da inteligência humana!»

«Não é isso que quero dizer, filho. Quero dizer que o raciocinador nunca crê que a razão possa ser substancialmente irracional, que o raciocinador não admite o irracional como elemento positivo, e não simplesmente negativo. Olha lá, tu já leste Shakespeare?»

«Li em francês», respondeu Quaresma.

O Tio Porco teve um gesto de impaciência.

«É pior que não ter lido», disse. «Bem; não é de Shakespeare que se trata. Há numa peça dele», continuou, virando-se para nós outros, «no *All's Well that Ends Well*, uma menina chamada Beatriz, que, quando o tio lhe pergunta se vê bem, ou coisa parecida, responde, "Sim, tio, vejo uma igreja ao meio dia".»

«Que diabo quer isso dizer?» perguntou o Guedes.

«Não quer dizer nada, e aí é que está o caso», respondeu o Tio Porco sorrindo.

＃ A MORTE DE D. JOÃO

Soou, no silêncio da noite, o som súbito de um estilhaçar de vidros. O grupo — dois rapazes e três raparigas — que dobrava a esquina viu o polícia de giro a olhar atento para uma janela do primeiro andar de uma casa isolada, de dois andares e segundo andar recolhido. A janela era uma de duas iluminadas a seguir. Nitidamente se via um vidro partido nessa janela cuja cortina estava levantada. O polícia avançou lentamente para a casa, que era a segunda a contar da esquina.

«Ó chefe, o que foi isso?» perguntou à vontade um dos rapazes.

«Não sei», respondeu o polícia. «Alguém partiu a vidraça, mas foi de dentro para fora: atirou com qualquer coisa por ela fora. Foi um som de vidros partidos e parece-me que ouvi cair qualquer coisa e julgo que pesada só pelo ruído. É boa... À janela não chegou ninguém, para ver isto.»

O grupo de cinco transeuntes estacou, ansioso. O polícia, retomando a direção que seguia, avançou para a casa. E o grupo, atento, seguiu-o.

O polícia chegou à cancela de ferro, meteu a mão, abriu-a, e avançou para a porta de casa, que ficava a poucos passos. Procurou a campainha, premiu-a, esperou. Ninguém respondeu. O guarda bateu com a mão na porta. Bateu mais. Bateu mais ainda. Depois bateu várias vezes à campainha.

O grupo de passeantes noturnos estacara à porta de ferro.

«Isto parece-me esquisito», explicou o guarda, voltando-se para eles.

«E é mesmo», disse uma das raparigas.

«E ninguém responde?» perguntou outra.

«Parece que não», disse um dos rapazes.

O guarda premiu longamente a campainha, que até os que estavam ao pé da cancela ouviam tocar prolongadamente dentro da casa.

«Bolas, então não está ninguém?» disse um dos rapazes.

«Se calhar, estão envergonhados de ter feito este escabeche.» E a rapariga que falara riu de nada.

Um dos rapazes entrou no jardim pequeno e começou a espreitar. «Olhe, ó senhor guarda», disse de repente, «aqui está o que partiu a vidraça». E levantou duma espécie de canteiro, rente à grade da rua, um objeto que, reunidos todos, incluindo o guarda, à sua volta, se verificou ainda que à pouca luz ser um telefone.

Um dos rapazes, ou mais atrevido ou mais bêbado, metera-se dentro do jardim, e, talvez com aquele instinto especial que os bêbados possuem, estava remexendo ao pé da grade que separava a casa da rua. De repente, teve uma exclamação:

«E-na pai, olha p'ra isto! Ó sr. guarda, aqui está a máquina que estoirou a janela!» E ergueu, com certo cuidado, qualquer coisa de entre a base dos arbustos apertados que se encostavam ao gradeamento. Todos se aproximaram, e, a princípio, não se via na cara de ninguém que percebesse, através do escuro, que objeto era o que o achador erguia.

Mas de perto havia luz bastante para todos verem, e pasmaram todos.

«Essa é boa», disse o guarda, «Um telefone!»

E era com efeito um aparelho telefónico completo, aparelho de mesa, via-se logo o fio cortado, que permitira torná-lo uma coisa isolada.

Durante algum tempo os seis presentes entreolharam-se. Depois, como que por combinação, olharam todos para a janela.

Então, com decisão, o polícia avançou de novo para a porta. Bateu de novo, bateu, bateu, ruidosamente, indecentemente. Suspendeu o barulho. Ninguém respondera.

«Aqui há qualquer coisa esquisita», disse o guarda.


«O melhor», disse o chefe, «é meter dentro a porta.» E depois, olhando a sorrir para o corpo hercúleo do guarda, «Você é capaz de a meter dentro?»

«Vamos ver», disse o polícia, sorrindo em resposta. Atirou-se contra a porta, que estremeceu sem ceder. Atirou-se segunda vez, e ela respondeu do mesmo modo. Mas, de repente, irritado, o guarda atirou-se de lance, como uma locomotiva, e a porta estoirou-se nos fechos como lenha rachada. O guarda, tão violento fora o seu assalto, ia quase dando consigo em terra, de mãos, entre o achar graça da assistência.

«Arre, que é forte!» disse um dos rapazes. O chefe entrou depois do guarda que se recuperava da queda fruste. Voltou-se e ergueu a mão. «Os senhores não podem entrar, (e abrandou a voz) mas se quiserem podem esperar aí um bocadinho.»

◆

O Chefe Tavares começou lentamente a sua exposição. O seu ar de sono, a sua voz arrastada tinham a vantagem de dar às palavras que dizia uma clareza espaçada.

«Considerei, antes de mais nada, quais teriam sido as circunstâncias em que o crime foi praticado, e referi tudo especialmente ao facto mais extraordinário — a projeção do telefone pela janela fora. Tentei formar uma ideia sensata de como isso poderia ter acontecido. E cheguei à mesma conclusão a que já outros tinham chegado. O assassino tinha entrado em casa do Branco[1]; tinha, por qualquer razão, cortado o telefone; o Branco apareceu, descobriu-o, ou descobriu o telefone cortado, e o assassino atirou-se a ele vindo do lado esquerdo; o Branco pegou na primeira coisa que tinha à mão, e a mais pesada, que era esse mesmo telefone cortado, e atirou-o ao agressor; falhou, e o telefone, atirado com a força de um homem forte, atravessou toda a sala, partiu a vidraça, e foi cair no jardim. Então o assassino caiu em cima do Branco e estoirou-o (não há outro termo) contra o cofre.

«Tudo isto é perfeitamente lógico e perfeitamente compreensível a não ser a formidável força do assassino, e não era isso que me interessava de momento. Mas os testemunhos das pessoas, por assim dizer, presentes — o guarda de ronda e os cinco transeuntes — contrariavam isto num ponto. Todas essas testemunhas dizem que pararam na rua, logo após o estrondo do vidro partido, que escutaram atentamente, e que não ouviram mais nada. Ora a projeção do corpo do Branco contra o cofre não era coisa para não produzir barulho nenhum, sobretudo de noite, com tudo sossegado, com a vidraça partida, e com seis pessoas atentas — um por dever, os outros por curiosidade ao mais pequeno ruído.

«Tão inverosímil me pareceu a princípio qualquer outra hipótese que não fosse a de as coisas se terem passado assim, que a minha primeira suspeita caiu sobre as testemunhas. Perguntei a mim mesmo se o guarda e as cinco pessoas que passavam teriam dito a verdade. Comecei pois por averiguar que espécie de pessoas eram as testemunhas. E a primeira a que me apliquei foi, é claro, o guarda. Já tem havido, infelizmente, casos de guardas que, por causa de algum dinheiro, têm faltado aos seus deveres.

«As informações sobre o guarda deram logo cabo da minha hipótese. O rapaz não só tem boas informações; tem-nas esplêndidas. Está na polícia há uns seis meses, esteve cinco na esquadra do Rato, e há um mês passou para a das Picoas, não por qualquer motivo disciplinar, mas porque um guarda das Picoas queria ir para o Rato e este rapaz não se importou de trocar. Tanto o chefe da esquadra do Rato, como o das Picoas, fazem os maiores elogios ao guarda. Sério, esperto, decidido, cumpridor rigoroso de todos os seus deveres — nada contra ele em sentido absolutamente nenhum. E a sua crónica anterior ainda é melhor. Serviu na guerra, entrou nuns poucos de combates, foi ferido três vezes, foi condecorado com a Cruz de Guerra. Os oficiais com quem serviu — cheguei ao ponto de falar a dois, que foram os que lhe conseguiram a entrada para a polícia, — dizem que é um dos mais completos exemplares do soldado que têm visto: valentíssimo, lealíssimo, inteligente e decidido, e dedicado ao máximo ao seu dever e incapaz de ceder no mais pequeno ponto ou por qualquer motivo a qualquer coisa que seja apartar-se do cumprimento desse dever. Confesso que não esperava informações tão extraordinariamente boas; mas foi uma grande vantagem que fossem tão boas, porque me habilitaram a ver logo que se tratava de um homem que ninguém seria capaz de comprar, nem de desviar do cumprimento do seu dever. E isto orientou-me logo no caminho para o verdadeiro aspecto do problema. As outras 5 testemunhas já me não iam interessar, dado que esta, a mais próxima, estava certa.

«Vi logo que a reconstrução mais natural do crime estava errada. Vi logo que não tinha havido a luta que eu supunha, e que toda a gente suporia. Não: o crime tinha-se dado já antes; o telefone foi projetado pela janela, não pela vítima a defender-se, mas pelo assassino. A falta de ruído, além do da janela partida e da queda do telefone, marca isto, a meu ver com uma grande precisão. Ora porque é que o assassino faria isso?

«Comecei então a ver as condições muito especiais em que essa projeção do telefone tinha sido feita. Foi escolhida uma ocasião em que o polícia de ronda estava passando precisamente defronte da casa. Ora o polícia, como estava passando rente à parede fronteira, seria visível de todo o lado da rua onde morava o Branco, como seria invisível aos inquilinos do lado oposto onde passou, sobretudo a alguns, aos moradores nos rés-do-chão. Dava, pois, a impressão de que o assassino tinha escolhido precisamente a ocasião de ver [o] polícia passar para fazer a fita de atirar com o telefone pela janela fora. Ora isto não podia ter outra intenção senão chamar a atenção do polícia.»

«Muito bem, Tavares», disse o Diretor.

«Logo a seguir à projeção do telefone, e quando o guarda, como era de esperar, estava a olhar para a janela iluminada que fora partida, surgem, por uma espécie de milagre, cinco pessoas da esquina mais próxima. Ora aqui é que temos o segundo elemento esquisito deste problema. O estar o polícia a passar defronte da casa quando se estilhaçou a vidraça com o telefone — isso não é de admirar, desde que compreendamos que a intenção era precisamente a de chamar a atenção do polícia. Nem há grande estranheza em voltarem a esquina cinco pessoas que moram para aqueles sítios. Mas o que é estranho é que o estilhaçar do vidro fosse como uma espécie de mola que fizesse saltar essas cinco pessoas. É uma coincidência e já de outra ordem, e custa um pouco acreditar nela. E, sr. dr., eu não acreditei.»

◆

Certas teorias estranhas que surgiram em muita conversa e chegaram a ter eco na imprensa, tinham, nas circunstâncias do crime, qualquer coisa que, se positivamente as não abonava, em todo o caso as não tornava absurdas. Os sequazes dos ocultismos podiam invocar em favor da tese de um formidável retorno incarnado, ou de um ataque por qualquer monstruosidade elemental, num momento corporizada, o completo desaparecimento do agente do crime, a força — literalmente sobre-humana — com que o crime fora praticado, e o caso, que parecia indicar a intervenção de uma razão que não era a nossa. E a propulsão do telefone pela vidraça fora. Um ocultista imaginoso refletindo que por aquele telefone se teriam feito muitas combinações amorosas, entendeu ver um símbolo no absurdo sinistro do seu arremesso.

♦

O primeiro mistério era, sem dúvida, o desaparecimento do criminoso. Não podia ter saído por outro lugar, senão pela porta da frente. Mas, desde a projeção do telefone pela vidraça, a atenção do polícia incidira imediatamente sobre a casa, e, segundos depois, a atenção do polícia reforçara-se com a dos cinco transeuntes noturnos. A luz do átrio estava, como se verificou, aberta, e o abrir da porta notar-se-ia com a nitidez de um relâmpago, por rápida que fosse a saída do criminoso. Além disso, da sala do primeiro andar, onde se dera o crime, algum tempo, embora pouco, se haveria de levar até descer à porta de entrada — mais tempo, com certeza, que o rápido instante entre o estilhaçar do vidro e a atenção do polícia, e os pouquíssimos segundos entre esses estilhaçar e os cinco notívagos dobrarem a esquina. Se houvesse maneira mecânica de fazer o telefone cair pela janela, de fora, ainda se admitiria; mas, além de não ser concebível nenhum processo de manobrar esse estratagema — que teria, em todo o caso, a explicação de se querer estabelecer um álibi —, o facto é que ninguém foi encontrado nas proximidades da casa.

O segundo mistério estava no facto de atirar com um telefone pela vidraça fora. De todas as coisas que se pode compreender que se projetem pela janela, um telefone é talvez a menos aceitável como □ A única hipótese plausível, ou quase plausível era esta: que o assassinado tivesse entrado em casa, e tivesse encontrado o telefone cortado; que tivesse sido atacado pelo assassino, que tivesse pegado no primeiro objeto pesado que estivesse à mão — neste caso o aparelho já isolado — e o tivesse arrojado à cabeça do atacante; que o projétil tivesse errado o alvo indo sair pela vidraça. Isto, ao menos, tinha plausibilidade. E, por certo, o Branco era um homem de força suficiente para atirar com um telefone, coisa que não é leve, de um lado ao outro de uma sala relativamente grande, sobretudo se atirasse com a violência do ódio ou do medo.

Se a hipótese mais provável sobre o telefone era verdadeira, isso confirmava extraordinariamente a temibilidade física do agressor. Ninguém, atacado à mão desarmada, se serve de projéteis senão quando se sente em manifesta inferioridade física. Havia, é claro, a hipótese de uma discussão violenta, em que qualquer pessoa, forte ou fraca, pode, perdendo a cabeça, atirar com o que tenha à mão. Mas a outra hipótese era mais aceitável, porque quadrava perfeitamente com a já provada formidabilidade do assassino.

Outro ponto misterioso do problema era a estupenda, a monstruosa, força física que deveria ter o assassino. Já a maneira aparentemente fácil e rápida como a vítima, homem fortíssimo e decidido e atacado de frente, tinha ido abaixo, logo, quase sem resistência, era de pasmar. Mas mais de pasmar era a violência com que o corpo tinha sido projetado contra o cofre. Não se podia tratar — diziam os médicos — de uma simples queda, embora violenta, contra o cofre. O corpo tinha sido projetado contra ele com tal força que o crânio estava estoirado como um ovo. Se a vítima tivesse caído de um quarto andar sobre o puxador do cofre, dando ali inteiramente com o occipital e com todo o peso do corpo e da queda, não teria feito, diziam os autopsiantes[2], estrago maior no crânio. De modo que não só um homem de formidável força e grande decisão tinha sido dominado com absoluta facilidade, mas um homem pesando 110 kilos tinha sido manejado como se pesasse o mesmo que uma criança de braços. Dir-se-ia que se desencadeara naquela casa uma luta desigual entre um atleta e qualquer monstruosidade incarnada, que passasse sobre ele como uma locomotiva, salvo que as locomotivas não têm dedos, com que agarrem as gargantas.

Um dos médicos autopsiantes declarou, até, que não concebia homem — atleta, lutador que fosse — com a força física precisa para obter aquele pavoroso resultado.

A hipótese de mais de um atacante nada explicava, e era absurda. Na garganta do morto estavam bem gravados os dedos de um só homem. E cinco homens que fossem, não manejariam a projeção do corpo sobre o cofre. Isto sem contar com a circunstância de que, sendo misterioso o desaparecimento de um homem, o de mais de um aumentava o mistério. Mas a hipótese era absurda.

◆

O dr. Quaresma avançou para o prédio fronteiro ao do crime. Avançou, porém, com um passo lento, como se uma hesitação do espírito o retardasse. Chegou à porta e parou. Esteve um momento sem movimento. Depois voltou-se para o lado da rua e olhou para baixo e para cima. Da parte de baixo, do lado da cidade, uma figura, alta e forte, de polícia vinha andando lentamente, em passo regular de ronda. O dr. Quaresma avançou para ele quando ele ia chegando à altura da rua defronte da qual o charadista estava.

«Dizia-me uma coisa, faz favor», disse Quaresma. «Era o sr. que estava de serviço naquela noite em que houve um crime ali defronte?»

«Era, sim senhor», respondeu o polícia, parando.

«Eu fui consultado sobre o crime por um amigo meu da polícia de investigação. Sou médico, mas dedico-me a decifrar charadas, e isto é uma charada. Vim aqui, e ia fazer uma pergunta a uma pessoa ali do prédio fronteiro» — e indicou-o — «mas acho melhor não fazer a pergunta, para não levantar nenhuma espécie de suspeitas. Por isso queria, antes de mais nada, perguntar-lhe a si umas cousas…»

«Se eu souber, sr. doutor…»

«Vamos andando», disse Quaresma. E os dois seguiram, no passo do guarda, pela avenida acima.

«Eu ouvi a narrativa dos pormenores do crime, com todos os detalhes. Ouvi, e resolvi o problema logo, porque é extremamente simples. O que eu lhe queria perguntar era isto», e indicou com um dedo o lugar já passado da casa do Branco, «Quem é que ele seduziu — foi sua irmã, sua namorada, ou quem é que foi?»

Andaram automaticamente quatro passos sem falar. Ao quinto passo, o polícia respondeu numa voz firme e incolor:

«Foi minha irmã.»

Andaram mais dois passos.

«E foi por isso que o matou?» perguntou Quaresma.

Três passos mais soaram iguais na avenida quieta.

«Sim», respondeu o polícia: «foi por isso que o matei.»

Durante uns momentos, sem falar, continuaram andando.

«Como deve ter compreendido», disse Quaresma, «eu resolvi o problema, mas não desejo comunicar a solução a ninguém. Estive vai-não-vai a ir ali defronte, a perguntar ao homem do primeiro andar se por acaso teria ouvido o primeiro partir do vidro — o autêntico, e não a simulação quando os cinco transeuntes iam a voltar a esquina. Mas a pergunta era difícil de fazer sem deixar o inquilino intrigado de mais. Demais a mais, num caso tão claro e tão simples, não preciso realmente de confirmação nenhuma.»

◆

«Como vê», disse Quaresma, eu resolvi o problema. Não lhe vim perguntar isto para coisa nenhuma, senão para falar consigo, e para lhe dizer que, tendo decifrado o problema, o ponho de parte: não direi nada, nem à polícia, nem a outra qualquer pessoa ou entidade. Em troca queria apenas ouvir-lhe a narrativa de como o matou — a narrativa nos seus pormenores, e eu pergunto-lhe só por curiosidade. Compreende bem: o meu raciocínio estabeleceu logo a sua culpabilidade; determinou, nas linhas gerais, como a morte foi feita; determinou, também, o motivo…»

«Mas V.ª Ex.ª perguntou-me o motivo…»

«Não: perguntei-lhe quem era a rapariga da sua família que o Branco tinha seduzido. Que essa sedução era o motivo do crime, sabia eu; o que não sabia era a relação da rapariga consigo — se era irmã, namorada, ou o que quer que fosse. Bem vê, eu não sabia nem sei nada a seu respeito senão a sua estatura física e a sua crónica como soldado. Para o meu raciocínio era quanto bastava.

◆

«Deduzi bem?»

«Perfeitamente, sr. dr. E o que é que V.ª Ex.ª tenciona fazer?»

«Tomar o carro para a Baixa no lugar mais próximo. É a única coisa que tenho a fazer.»

«Agradeço a V.ª Ex.ª. Não tenho medo nem da morte nem de nada, mas queria viver, e viver livre, se pudesse ser. Não podendo...»

«Cá por mim não há dúvidas», respondeu Quaresma. «Resolvi o problema, estou satisfeito. Está tudo acabado. Mas onde é que se apanham aqui carros para a Baixa? Estou um bocado cansado.»

«Nesta avenida ao lado. Por qualquer das ruas transversais...»

«Obrigado. Então sigo pelo próximo. (Mas conte-me primeiro como foi isso tudo feito).»

◆

«Achei que o maior disfarce que eu poderia arranjar seria ser uma pessoa de quem ninguém desconfiasse — nem o homem que haveria de matar, nem mais ninguém. Depois de revolver muitas ideias, cheguei à conclusão que o melhor era ver se conseguia ser polícia — simples guarda —, fazer-me transferir para a área onde esse tipo morava, e depois organizar a execução. Ora eu tinha todas as condições físicas para entrar para a polícia, e obtinha com facilidade todos os empenhos precisos. Havia só um contra e mais grave do que

V.ª Ex.ª supõe: de facto eu tinha sido promovido na guerra, mas o sr. doutor enganou-se quanto à minha promoção. Eu fui promovido três vezes: acabei em alferes.»

«Ah!» disse o dr. Quaresma.

«Sim, mas isso por um lado facilitou-me tudo. Não tinha que pedir a oficiais, meus superiores em categoria: tinha que combinar com camaradas de patente superior, o que é diferente. Como pode calcular, não me custou nada. Dei umas razões a uns, outras razões a outros, ao acaso. Escuso de dizer as razões: prazeres carnais e foram mais ou menos prestativos, mas compreensivos. Acharam todos muita graça e foi um ápice enquanto se arranjou tudo. Lá consegui entrar para a polícia com o bastante da minha crónica militar para obter uma preferência fácil e uma entrada imediata, mas sem que na própria polícia constasse a parte que tornaria tudo complicado. Não tive que me acautelar neste ponto. V.ª Ex.ª compreende: os meus camaradas oficiais não ofereciam risco nenhum: primeiro, (e o guarda sorriu) porque não são pessoas capazes de medir o alcance ou a intenção do que eu fiz, nem mesmo depois de eu ter morto o homem; depois, mesmo que um ou outro pressentisse, bastava eu explicar, e de ali não saía palavra que me comprometesse. De modo que, nessa altura do meu plano, não tive que empregar grande cuidado, nem me precaver contra coisa alguma.

«Logo que entrei para a polícia fui parar à esquadra do Rato. O que tinha que fazer agora era arranjar a transferência para a das Picoas sem dar a zona precisa. E isso é que não devia ser feito com empenhos, nem metendo de modo nenhum os oficiais por quem eu tinha arranjado a entrada. Apesar de não serem atilados, este segundo pedido, em cima do primeiro, já era para fazer pensar. De modo que manobrei de outra maneira. Nem foi precisa grande habilidade. Insinuei-me logo no espírito do meu chefe, e até uma vez o salvei de uma agressão. Depois verifiquei se haveria um ou outro guarda nas Picoas que quisesse trocar comigo. Descobri um. Falei ao meu chefe e numa rapariga que tinha na zona das Picoas. O chefe teve um bocado de pena em me largar, mas a transferência arranjou-se. E assim consegui vir para a zona precisa, em dois tempos, e por contactos diferentes de cada vez. Tive a certeza, e tenho-a ainda, de que ninguém traçava uma linha reta através disto tudo.

«Uma vez nas Picoas tratei de manobrar, sem dar nas vistas, o ter a ronda daquelas avenidas, e de noite, de vez em quando. É claro que isto foi facílimo. Depois deixei passar um mês sem me mexer. Passado esse mês, preparei a coisa.

♦

«A minha tenção era de dar a ideia de um crime praticado por uma pessoa muito extraordinária, que se não confundisse facilmente com este ou aquele; isto, é claro, para que se não fosse desconfiar de alguém ou prender alguém. Ora, como eu não ia matar senão com as minhas mãos, pensei que o melhor era, depois de matar o homem, amachucá-lo de tal maneira que se julgasse que só um grande atleta seria capaz de o matar. Há poucos atletas, em toda a parte e pouquíssimos capazes de rebentar com aquele tipo assim à primeira. Além disso seria muita fatalidade se houvesse alguém dessa força entre os inimigos do homem. Depois, havia de dar-me um certo prazer estoirar bem aquele tipo, mesmo depois de morto.

«Ergui o corpo alto e trouxe a cabeça para baixo, agarrando-a pelo pescoço, com toda a força que tenho e mais alguma, que tinha na ocasião, para cima do puxador do cofre. Era como quem parte um ovo contra uma laje. A cabeça estoirou como se fosse feita de papel. Então fiquei escuro dentro de mim. Levantei-a segunda vez e bati com ela segunda vez. Levantei-a terceira vez e bati com ela terceira vez. Então senti-me muito cansado, e sobretudo das pernas, tornei a sentir que tinha olhos. Fiquei outra vez calmo, mas desta vez absolutamente calmo — mais calmo que há muitos dias. Parece que se tinha gasto, naquele momento, todo o meu ódio. Foi como se acordasse de qualquer coisa. A cabeça — a parte de trás da cabeça do tipo era como papel trincado. Não vi, mas sei[3]. Estava tão amachucada que eu notei logo que ninguém saberia se se tinha batido com ela uma, duas ou mais vezes. Haviam de julgar que era uma, e com muito mais força do que eu tenho, ou qualquer homem é capaz de ter neste mundo.

«No meio de tudo isto eu não tinha perdido de todo aquele cuidado que nós aprendemos quando andamos na guerra, quando andamos fora de nós mas vendo mais que qualquer homem na vida, e tendo gestos certos e defesas rápidas sem que a gente saiba porquê. Tinha conseguido que nem uma pinga de sangue caísse sobre mim. E sabia isto às escuras, sem o ver. Senti que, em todos os meus gestos, mesmo quando estava doido, tinha sempre posto as mãos de modo que nada me tinha tocado. E depois, cá fora no corredor, verifiquei que assim era.

♦

«Ele era forte, mas eu também não sou brincadeira, e tinha o ódio, e os nervos, e entrei a matar, e para matar. Além disso, ele não esperava. Depois, a mão que lhe pus nas goelas era toda de aço. Nem Deus era capaz de a abrir quando lha cravei à roda do pescoço.

«A minha ideia era ir mais seguro, mas a cabeça fugiu-me. A minha ideia era dar-lhe uma pancada certa, à traição mesmo para o segurar, mas não pude. Mal me vi a sós com ele, e no lugar certo, tornei-me uma fera. Atirei-me ao pescoço dele como se estivesse a salvar-me de qualquer cousa.

♦

«Olhei para o relógio e fiquei varado. Tudo isto, somado, não levou mais do que dez minutos.

♦

«Quem não se importa de morrer, combate sempre com sangue frio. Aqui era um caso parecido. Eu queria evitar ser preso ou descoberto, mas como não me importava se o fosse, nem mesmo que houvesse cá pena de morte, pude fazer tudo isto sem sentir que tinha nervos no corpo. E foi por isso que não dei saia em coisa nenhuma.

♦

«A verdade é que esta coisa da guerra tira à gente grande parte da consideração pelo corpo humano. Esfregar-lhe a cabeça contra o puxador do cofre, mesmo depois de morto, não era isso que me causasse arrepios.

«Matei alemães que nunca me fizeram mal, sr. doutor e que talvez, se nos conhecêssemos, fôssemos amigos e então havia de hesitar em matar o homem que tinha causado a morte da minha pequenina?»

O dr. Quaresma □ um pouco e dominou por fim a garganta.

O guarda retomou a conversa, enquanto os passos iguais dos dois soavam certos na rua deserta.

«Ela era muito mais nova do que eu — e que o não fosse (e encolheu os ombros). Andei com ela ao colo. Para mim qualquer coisa feita contra ela é sempre um fazer mal a uma criança. Talvez isto não seja ver bem, mas eu vejo assim, porque não posso ver de outra maneira. Ela suicidou-se, suicidou-se por causa dele. Daquele tipo que eu estrangulei... São coisas que V.ª Ex.ª não pode compreender — ninguém pode compreender... Era preciso o sr. dr. tê-la trazido ao colo como eu a trouxe. Enfim...»

Em tudo isto não tinha havido nem pressa nem atraso nem marcha. O assassino e o charadista concordaram lentamente no passo.

♦

«É esta, sr. dr. Quaresma.»
«Muito bem. Esta rua serve para se ir até à linha do elétrico, não é verdade?»
«Serve; qualquer destas ruas serve.»
«Então seja por esta.» (Estacaram e Quaresma apertou-lhe a mão) — «Quer vá ou não para o Brasil, desejo-lhe muitas felicidades. Desejo-lhas sinceramente. Não lhe digo mais. Boa noite.»
«Muito boa noite, sr. dr. E muito obrigado.» O polícia apertou-lhe a mão com uma pressão súbita e única.

A meio caminho para a avenida maior, o dr. Quaresma voltou-se para trás. A figura do polícia, lenta e hirta, destacava-se grande contra o fundo morno da noite ainda nítida. Nesse desvio de cabeça seguia imperturbável a rota da sua ronda no seu passo firme de soldado.

# A CARTA MÁGICA

O Chefe Manuel Guedes, da Segunda Secção da Investigação Criminal, regressava tarde, nesse dia, ao Governo Civil. Por isso, entrando depressa no seu gabinete, parou à beira de esbarrar com dois homens que estavam conversando, de pé, quase junto à porta. O primeiro era um dos seus agentes; o segundo era um homem novo, de estatura média e rosto médio, trajando com aquela sobriedade cara que distingue, por meio do alfaiate, as pessoas bem-educadas. O Chefe Guedes interrogou calado.

«Este senhor, respondeu o agente, está aqui à espera de falar com o sr. Chefe Guedes.»

«Qualquer coisa de cá?...»

«Sim, sr. Chefe Guedes. Ele foi falar ao sr. juiz, e o sr. juiz mandou-o falar ao sr. Chefe Guedes.»

«E o que é?» perguntou o Guedes avançando pelo quarto e tirando o chapéu, que atirou para cima de uma mesa ao canto.

«É uma coisa um bocado esquisita», disse o agente para as costas do chefe e com uma expressão que não era um sorriso, mas era.

Guedes voltou-se e apanhou-lhe a fuga da expressão.

«Uma coisa esquisita?» e a pergunta dividiu-se pelos dois presentes.

«Sim», disse o estranho, «muito esquisita mesmo. Não sei explicar como sucedeu, nem acho que se possa explicar.»

O Guedes interrompeu do alto da sua corpulência sem gordura e com o olhar moreno fitando baço por cima do bigode curto e farto.

«Exatamente. Não se pode perceber, e por isso a gente é que vai ficar encarregada de a perceber. Se é elogio, agradeço. Se não é...» e o Chefe Guedes torneou o recanto da secretária e sentou-se. Depois puxou para ao pé uma cadeira e indicou-a ao estranho com as costas da mão.

O estranho sentou-se demoradamente. Tinha no gesto de sentar-se a hesitação do assunto, fosse qual fosse.

O Guedes voltou-se para o agente, «Você é cá preciso para isto, ó Soares?»

«Não, senhor, sr. Chefe Guedes.»

«Nem para mais nada?»

«Não senhor.»

«Então vá-se embora, e até amanhã. Feche a porta.»

«Muito boa tarde, sr. Guedes», e, com mais um meio cumprimento e meio sorriso ao estranho, o agente desapareceu para além da porta que puxou sobre si.

«Estou às suas ordens», disse o chefe, voltando-se para o consulente.

«Trata-se», disse este lentamente, e como quem procura por onde há-de começar... «Trata-se do desaparecimento de uma carta...»

»Em primeiro lugar, como é que o sr. se chama?»

O interrogado teve um sobressalto; quase que parecia que não se lembrava de ter nome.

«Chamo-me Francisco de Almeida e Sá.» O Guedes acenou e indicou que esperava. O estranho compreendeu. «Sou casado e sou engenheiro da C.P.» Continuou o outro com uma dureza trémula.

«Morador em Lisboa?»

«Sim, na Rua Barata Salgueiro, 15, 2.º. Foi em minha casa que se deu…»

«Vamos por partes, para tudo ser claro, de mais a mais que parece que é escuro. O assunto o que é?…»

«O desaparecimento de uma carta sem que se perceba como poderia ter desaparecido…»

«Mas presume roubo ou perda?»

«Roubo não sei como pudesse ser. Perda não poderia ser… E…»

«Fuga pelos próprios pés também não, porque as cartas não costumam tê-los», interrompeu Guedes secamente. «Olhe, pelo que vejo, o melhor é o sr. contar tudo o mais claramente possível. Onde o caso não parecer claro, eu interrogo e o sr. responde.»

O engenheiro fez um gesto de começar.

«Comece pelo princípio. E o princípio é o lugar onde se deu o desaparecimento que o preocupa. Foi em sua casa?»

«Foi sim.»

«Bem. A carta tinha qualquer importância?»

«Não sei. Não sei o que ela continha…»

«Então de quem era ela?»

«Era uma carta escrita por meu pai, que já morreu, e que ele me pediu para entregar a um velho amigo e antigo sócio dele que estava em África e só regressou agora. Não sei o que ela contém, mas, como não podem ser coisas de família ou mesmo pessoais, presumo que fosse qualquer coisa comercial, talvez relativa a umas minas em Angola, ou coisa assim. Mas, realmente, não sei se a carta continha qualquer coisa de importância.»

«Seu pai nunca lhe disse, ou nunca lhe deixou entender, o que estaria na carta?»

«Nunca. Nem a mim, nem a mais ninguém da família.»

«Em todo o caso, alguma importância havia de ter. Não se deixam cartas para se entregar depois de morto para dar os parabéns ou perguntar pela saúde. Disse, a sua família. Quem é ela?»

«A minha família é de Trás-os-Mont…»

«Não lhe pergunto isso, senhor. Ou, pelo menos, não me parece que isso importe, por enquanto. Pergunto quem são as pessoas da sua família, ou, pelo menos, as que poderiam saber e não sabem, se é que não sabem, o que a carta contém.»

«A minha família é muito pequena: hoje, depois da morte de meu pai (minha mãe faleceu há bastante tempo) sou eu, minha mulher e meu filho, que tem cinco anos de idade.»

«Vivem consigo, é claro, aqui em Lisboa. Mais alguém?»

«Da família… um primo meu…»

«Não é isso: mais alguém vive em sua casa aqui em Lisboa.»

«Ah. Uma criada velha da minha casa, e há também uma outra, mas essa está na terra uns dias, e não estava cá quando isto se deu.»

«E isto quando se deu?»

«Ontem à tarde.»

O Guedes refletiu um pouco. «Bem, já tenho mais ou menos um apontamento, e agora posso ouvir melhor o que me vai dizer. Agora conte lá como lhe pedi ainda agora — tudo muito claro e tudo por aí fora no devido seguimento.»

O engenheiro agitou um pouco sobre os joelhos o chapéu mole que, com as luvas, aí retirera incertamente. O Chefe Guedes desceu a mão sobre o chapéu, «Com licença» e pô-lo em cima da secretária. Privado do apoio moral do chapéu, o engenheiro ferroviário chegou fora da tabela.

«Nem sei como comece...»

O Chefe Guedes manifestou-se pela faceta que lhe ganhara no Governo Civil o nome distintivo de O Guedes Bruto.

«Ó senhor, eu não lhe peço que me faça um discurso.» E o gesto de impaciência do Guedes era mais de quem espera a maçada por vir do que quem sente a ignorância presente. Depois abrandou o tom. «Conte como quiser, logo que seja claro, e não ponha o carro adiante dos bois.» E o Guedes recostou-se, cofiando o bigode.

O engenheiro refletiu um pouco, recuperando-se. Depois começou, lentamente, mas com uma voz clara e um tom preciso.

«Meu pai morreu há dois anos. Morreu em Caneças, onde vivia havia cerca de ano e meio. Não fez testamento nem me indicou nada que pudesse ser uma espécie de legado especial; apenas, poucos dias antes de morrer, e sabendo já que morreria de ali a dias, me entregou uma carta fechada e lacrada...»

«Carta grande, isto é, grossa?»

«Relativamente. Era um envelope formato comercial. Pela espessura poderia conter, vamos, umas cinco ou seis folhas. Carta grande, sim, como carta... Entregou-me esta carta, dizendo que era para entregar ao seu amigo Amaro Simas, que estava então em África, mas que eu não lha devia mandar para África, pois ele não queria correr o mais pequeno risco de que a carta se perdesse. Disse que a carta tinha coisas de muita importância para o Simas, e com quem ninguém mais tinha nada. Por isso mesmo me pediu também que guardasse a carta com o maior cuidado, de modo que de modo nenhum pudesse ser roubada ou extraviada ou violada, ou que lhe sucedesse qualquer coisa...» O engenheiro interrompeu-se, e ergueu a dextra num gesto atirado de desespero vago. «E, meu Deus, foi precisamente isso que sucedeu!»

Guedes indicou com a cabeça que compreendia e não parasse.

«Está claro», retomou o engenheiro, «que segui com o maior escrúpulo estas indicações. Logo que morreu meu pai e eu vim para Lisboa, guardei a carta no lugar mais seguro que tinha — um cofre que tenho no Montepio Geral. Ali esteve até antes de ontem, sábado.»

«Não avisou esse Simas da existência da carta?»

«Avisei. Escrevi-lhe uns quinze a vinte dias depois da morte do meu pai. Escrevi-lhe para lhe dar a notícia do falecimento, e citei a carta, dizendo-lhe, é claro que não lha podia mandar em virtude da indicação do meu pai. O Simas respondeu logo — logo para Angola —, quer dizer respondeu na volta do correio.»

«Deu a entender que esperava a carta, ou estranhou?»

«Estranhou um pouco. Pelo menos, foi o que eu depreendi da carta que me escreveu então. Não direi que estranhou muito. Não me lembro bem das frases dele, mas a ideia era essa.»

«Também pode ser que estranhasse e não quisesse dizer claramente que estranhava, ou não estranhasse e não quisesse dizê-lo claramente...»

«Isso pode ser. Não sei. No fim da carta, que era muito pequena — os pêsames, a pena que tinha em ter perdido um grande amigo, etc. — dizia-me que viria a Portugal de ali a dois anos, como efetivamente veio, e que então eu lhe daria a carta conforme as instruções de meu pai.»

«Isso pode indicar que não tinha urgência de a ver, mas verdade seja que Angola não é ali em Cacilhas... Estou-lhe fazendo estas perguntas, sem saber ainda nada da questão, porque assim vou ficando inteiramente informado, e não tenho que amontoar perguntas sobre perguntas no fim. Faz favor de continuar.» O Chefe Guedes parecia mais interessado.

«Sim, Angola é um bocado longe e a viagem é cara. Além disso, o Simas não vive em Luanda nem em nenhum dos portos. Vive no interior, onde é gerente de umas minas de que é sócio, e de que meu pai foi sócio também. Não é lugar que ele pudesse deixar com muita facilidade.»

«Perfeitamente.»

«Bem, firmou o engenheiro, já senhor das suas expressões, aqui há um mês recebi uma carta do Simas (nunca recebi nenhuma entre as duas) dizendo-me que chegava a Lisboa no sábado, no *Angoche* e que me procuraria imediatamente. O *Angoche* chegava às 8 da manhã de sábado. Estive portanto para tirar a carta do Montepio na sexta-feira e ir-lha levar ao vapor logo que ele chegasse. Eu ia esperá-lo é claro: era um dever, além de tudo: era o maior amigo de meu pai, embora não fosse dos mais antigos, nem tinha idade para isso... Mas, falando sobre isso com minha mulher, ela disse que, com a multidão que há no cais, onde os roubos são fáceis, etc., etc., o mais simples era deixar a carta no Montepio até sábado, ir com o Simas lá no sábado mesmo e entregar-lha lá, pois, depois de ela estar nas mãos dele, cessava a nossa responsabilidade, e, aliás, ele naturalmente lia-a logo. Mas depois, discutindo, combinámos outra coisa. Combinámos convidar o Simas para jantar connosco no domingo e entregar-lhe a carta lá em nossa casa. Depois, era natural que o Simas, que tem família em Algés, quisesse ir para lá logo que chegasse e não estivesse para dar voltas no sábado, de mais a mais que o vapor chegava a horas em que o Montepio estava ainda fechado. Assim ficou assente e assim ficou combinado com o Simas. Ele seguiu com a família para Algés, e ficou de vir jantar connosco no domingo.»

«E a carta?»

«Tirei-a do Montepio no sábado, aí pelo meio-dia (Montepio fecha à uma porque é banco), trouxe-a para casa, e guardei-a, até ao dia seguinte, num cofre pequeno que tenho em casa, no meu quarto de cama.»

«Quem tem as chaves desse cofre? Em geral há duas.»

«Este tem só uma. É um cofre que era de meu pai, e nunca lhe conheci outra chave. É um cofre-forte de construção já antiga. Mas...»

«E quem tem a única chave desse cofre?»

«Eu. Trago-a sempre comigo. Ninguém mais precisa mexer nele, nem mesmo minha mulher, pois deixo-lhe sempre o dinheiro preciso, nem guardo lá muito dinheiro. Mas o que eu queria dizer é que isso não tem importância. Não foi do cofre que a carta desapareceu...»

«Ah não?» e o Guedes ergueu-se na cadeira. «Eu já pressentia que isso ia ser curioso, e cada vez parece mais que não errei. Continue...»

«Tínhamos combinado que o Simas aparecesse em minha casa, às 5 horas da tarde. Verifiquei que ele costumava jantar cedo, e tencionávamos jantar às 6. Exceto minha mulher ir de manhã à missa, não saímos de casa no domingo senão pelas quatro ou quatro e um quarto.»

«Essa é boa! Então saíram exatamente quando o convidado ia chegar? Quer dizer, eu não sei se isso é moda agora...»

«Perdão, não foi isso. Seriam umas quatro horas quando minha mulher reparou que era conveniente comprar uns bolos e umas empadas para o jantar. Havia tempo para ir à Baixa e voltar. Ela dispunha-se a ir só, mas eu decidi ir com ela, pois, se havia tempo, é claro, havia tempo para ambos. E mesmo que chegássemos já depois de ele estar, era fácil dar uma desculpa, nem o Simas era homem para se zangar. Íamos a sair, quando falei por acaso na carta, e minha mulher lembrou que a podíamos deixar à criada para ela entregar ao Simas logo que ele viesse; se nos demorássemos, ele entretinha-se a lê-la, pois devia pelo menos ter curiosidade de saber o que lá estava. E, é claro, dentro de casa não havia perigo...»

«E afinal havia, eh?»

O Sá ergueu a mão com um gesto composto de algum desespero e algum desejo de não ser interrompido.

«Oiça, sr. Guedes. Tirei a carta do cofre e chamámos a criada. Pensávamos em deixá-la à criada, mas achámos melhor deixá-la na sala e dizer à criada onde ela ficava, e que logo que o Sr. Simas viesse, se por acaso viesse antes de voltarmos, o mandasse entrar para a sala e lhe desse ou indicasse a carta. Então minha mulher pegou na carta e pô-la em cima de uma mesa pequena que há no fim da sala, chamou a criada, indicou-lhe a carta e deu-lhe as ordens, dizendo-lhe até que, se viesse qualquer outra pessoa, que não se fosse embora sabendo que nós não estávamos, e fosse preciso entrar para a sala, ela tirasse dali discretamente a carta e depois a desse em mão ao Simas quando ele chegasse. Depois fechámos a porta à chave...»

«Perdão, mas viram bem se a carta teria caído para o chão, ou...»

«Sr. Chefe Guedes. Minha mulher pôs a carta em cima da mesinha, encostada a uma jarra, depois veio para a porta da sala onde eu estava e chamou a criada. Apontou-lhe a carta, lá no fim da sala, e deu-lhe as ordens. Todos nós, eu, minha mulher e a criada, vimos a carta lá. Depois fechou-se a porta à chave sem ninguém mais entrar ou dar um passo para dentro da sala.»

«E a chave?»

«Ficou na porta. Demos a volta à chave só para evitar que o pequenito entrasse. Ele tem idade para abrir a porta pelo puxador, mas não tem ainda habilidade, nem sequer altura, para dar a volta à chave.»

O Chefe Guedes concentrou-se sobre o engenheiro. «Bem, e depois?» apressou.

«Depois saímos imediatamente. Sem mais nada, dois a três minutos depois de se fechar à chave a porta da sala.»

«Pelo que vejo, o pequenito ficou em casa.»

«Ficou. A nossa ida à Baixa era caso de nos demorarmos o menos possível e o pequeno seria um estorvo. É claro que queria ir, mas não lhe custa muito ficar com a criada, de quem é muito amigo.»

«Bem.»

E o engenheiro ia prosseguir. O Chefe Guedes tomou a dianteira.

«Um momento. Depreendo do que o sr. me diz que a sala não tem outra entrada senão essa porta. Isto é, quando deu essa volta à chave nessa porta, a sala ficou completamente fechada, não se podendo entrar por mais parte nenhuma, a não ser, é claro, pelas janelas.»

«Eu explico. A sala tem duas portas, dando ambas para o corredor que fica logo em frente da porta da escada. O andar é o lado direito, e a sala é a única casa de frente, de modo que estas duas portas ficam na parede à esquerda de quem entra.

A porta de cá, a mais próxima da porta para a escada, está sempre fechada à chave por dentro e com um reposteiro sobre ela. A porta mais adiante é que é aquela por onde se entra para a sala, e é portanto a única entrada. Foi essa, é claro, que se fechou à chave.»

«As janelas estavam fechadas?»

«Estavam.»

«São de sacada, ou há varanda?»

«Não, são janelas vulgares, absolutamente a prumo. E estavam absolutamente fechadas. O sr. Chefe Guedes já prevê...»

«Prevejo através das suas primeiras expressões quando aqui chegou. Mas vá lá para diante...»

«Como acontece quase sempre nestas coisas, demorámo-nos um pouco mais do que queríamos, mas, ainda assim, eram apenas cinco e cinco quando chegámos a casa. Encontrámos o Simas já lá — tinha chegado um pouco antes das cinco. Encontrámo-lo na sala — ele e a criada e o meu pequeno, e o Simas com um ar de pasmo, a criada com um ar de horror. Teríamos julgado que qualquer coisa tinha acontecido ao pequeno, se o não tivéssemos visto logo ali. Ficámos aflitíssimos, sobretudo minha mulher, pois as mulheres preveem sempre o pior. Então a criada começou a contar, e a princípio não percebíamos, tão impossível era o que tinha sucedido. Chegou o Simas, a criada abriu-lhe a porta, pediu-lhe para entrar para a sala, abriu a porta da sala, que continuava fechada à chave, mas, quando foi em direção à mesa para lhe entregar a carta, a carta tinha desaparecido.»

«E quem tinha vindo a sua casa entre a sua saída e a chegada do Simas?»

«Ninguém, disse o engenheiro.»

«Ninguém, que o sr. saiba. A porta para a escada estaria mal fechada?»

«Não, estava bem fechada. Fechei-a eu mesmo quando saí.»

«Que fechadura tem essa porta?»

O engenheiro puxou por um molho de chaves, caíram-lhe as luvas, e estendeu uma chave do molho: «Uma fechadura Yale», disse. O Guedes encolheu os ombros e o engenheiro baixou a mão esquerda até às luvas caídas.

«Além disso», continuou o Sá, reerguendo-se, «como a criada é um pouco de medos e receios quando fica sozinha em casa, ou só com o pequeno, o que vem a dar na mesma, logo que eu saí foi à porta da escada e correu o fecho de cima.»

«Essa agora», exclamou o Guedes, como se lhe tivessem roubado alguma coisa.

«Aí tem o caso, sr. Chefe Guedes», disse o engenheiro deplorantemente, e estendendo ambas as mãos num desalento em que caíram.

O Guedes fitou-o um momento como se o quisesse hipnotizar.

«Mas o que o sr. me acaba de contar é uma incrível série de disparates. Desculpe-me dizer-lho mas é mesmo assim.»

«Mas o sr. Guedes não disse que previa…»

«Perdão: previa um roubo muito hábil, ou muito audacioso. Não previa uma carta a andar por seu pé e a abrir por dentro portas fechadas por fora. Isto é, desde que uma carta consiga andar por seu pé, tudo o mais deve ser-lhe simples de fazer...» O Guedes recostou-se de novo e cravou o olhar brilhante no engenheiro. «Isso não pode ser!»

«Bem sei que não pode ser, sr. Chefe Guedes. Mas é...» E o gesto do engenheiro deplorou de novo.

«Não pode ser, senhor! Se aí não há erro nem falta de memória, nem outra coisa assim, então há só duas coisas que escolher: ou a criada tirou a carta, ou o seu petiz tirou a carta. Isto é, se o Simas não conseguiu tirá-la antes que a criada visse. Isso ainda está por ver...

«Quer dizer, voltamos à mesma. Tudo é impossível menos a carta ter fugido por seu pé e ter aberto por dentro uma porta fechada por fora. É a isso que chega, não é verdade?»

O Sá encolheu os ombros, deprimindo-os para diante ao mesmo tempo. «Sei lá o que é a verdade disto, sr. Chefe Guedes.» E a sua voz murchou como uma chama falsa.

♦

Chegado, porém, a meio do corredor, o chefe soliloquou uma exclamação e estugou o passo para a curva que lhe ia dar ao gabinete. Chegou ali, pegou no chapéu, e, avisando sem boas tardes que só voltava no dia seguinte, enfiou-se em reta para a rua. Voltou à direita, pulinhou juvenilmente os degraus de S. Francisco, e, depois de descer a parte da Rua Nova do Almada que vai dar a S. Nicolau, tomou por esta rua até ao fim. O fim é a Rua dos Fanqueiros, e o chefe seguiu-a para Norte. A curta distância desse caminho entrou num portão, subiu ao terceiro andar, e, chegando ao lado direito da escadaria, torceu a campainha adaptável. Responderam uns passos de meia-corrida, e, abrindo-se a porta, verificou-se que pertenciam a uma pequena meio-grande e meio-suja que espreitou alto para a cara do chefe.

«O sr. dr. Abílio Quaresma está?»

«O sr. dr.», começou a pequena, mas como nesta altura um vulto cinzento de mulher assomasse da direita do corredor comprido, o Guedes falou por cima.

«Boa tarde, minha senhora. Está bem? O doutor está?»

«Como está, sr. Chefe Guedes. Bem, muito obrigada. O sr. dr. está doente...»

«Doente?» e o Guedes foi entrando.

«É só gripe. Nem está deitado. Faz favor de entrar. Nem é preciso perguntar se ele o recebe. E, abrindo a segunda porta na esquerda do corredor, a mulher avisou para dentro o nome do visitante. O Guedes chegou sobre o anúncio e entrou alegremente no quarto.

Numa cadeira de verga velha, disposta rente à cama feita, que servia de mesa, o dr. Quaresma, com uma manta sobre os joelhos e a barba rala parecendo menos rala por estar menos tratada, depôs sobre a colcha branca um livro pequeno aberto para baixo e voltou-se com alegria para o chefe.

«Viva, Guedes, viva! Isto não é nada. Sente-se, homem. Há que tempo que o não vejo.»

O Guedes apertou-lhe alacremente a mão, e, puxando uma cadeira, contra-sentou-se com o ombro direito contra os pés da cama.

Trocaram-se as primeiras palavras, que não são nada, e eram afetivas.

«Você vem cá por acaso, ou com maus fins?»

«Com maus fins, doutor, com muito maus fins.»

«Benza-o Deus!» exclamou o semi-doente. «Estava a decifrar charadas mortas, mas se você mas traz vivas, cura-me de todo... Então o que é?»

«Esta charada é das vivas a valer. Trata-se, ao que parece, de uma carta que anda por seu pé, de várias pessoas suspeitas de quem se não pode suspeitar, e de outras cousas de uma família.» (O Guedes enfiou a mão na algibeira direita e extraiu o tabaco e as mortalhas). «Trata-se também de saber se eu tenho que ir para Rilhafoles.» E o Guedes abriu a mortalha ténue e soou sobre ela amachucadamente o tabaco louro--triste da onça.

«Como você não vai para Rilhafoles, garanto-lhe como médico, acho essa frase um ótimo sinal. Estou ansioso, homem! Conte lá sem mais explicações. Mas conte em linha reta.

O Guedes enrolou o cigarro, lambeu-lhe a orla, acendeu-o e iniciou o fumo.

«Aí vai, doutor. Se eu contar mal, interrompa e diga. Mas vou ver, à falta de melhor, se ao menos lhe conto bem o caso.»

Ou a inteligência natural, ou ela e o hábito de fazer declarações em juízo com atenção aos advogados de defesa, habituaram, evidentemente, o Guedes a narrar com sequência e clareza. E, assim, foi com uma grande precisão e uma distribuição perfeita da matéria, que o chefe pormenorizou o caso da carta desaparecida, os incidentes verbais que lhe diziam respeito, os interrogatórios a que tinha procedido, o exame da casa do engenheiro, que minuciou quase fotograficamente, as conversas com o Simas e o Alvarenga, e, por fim, num resumo mais incerto, porque se tratava de argumentos e não de factos, a discussão das possibilidades, que tivera com o Juiz de Investigação.

Como Quaresma nunca o tivesse interrompido, o Chefe Guedes mostrou satisfação ao concluir. E quando concluiu, disse:

«Contei bem, doutor?»

«Muitíssimo bem. Você vê que não o interrompi.»

«Podia não querer interromper, e perguntar depois. Ainda bem que, ao menos, sei contar uma coisa decentemente. Parece provar que não estou doido de todo.»

«Não o interrompi, realmente, porque não tinha que o interromper. Mas tenho uma pergunta, uma só, a fazer-lhe.»

«Esqueci-me de...?»

«Não, não é esquecimento seu. Quero que me dê mais pormenorizadamente uma coisa.»

«E vem a ser, doutor?»

«O riso do engenheiro de minas.»

«Como?!» e o Guedes tirou o cigarro da boca, onde, aliás, o levara inutilmente, pois há tempo já estava apagado.

«O riso do Alvarenga», repetiu Quaresma. «Quero que você me descreva minuciosamente como ele riu. Não diga nada! Você tem uma esplêndida memória fotográfica. Quero que a empregue neste caso. Quando você falou ao Alvarenga na possibilidade de haver qualquer coisa nos negócios entre ele e o pai Sá que motivasse um mal-estar da parte dele, você diz que ele desatou a rir, e que explicou que rira porque isso era tão absurdo que lhe dava vontade de rir.»

«Foi isso mesmo.»

«Ora eu quero que você me explique o seguinte, e servindo-se da sua ótima visualidade: o Alvarenga desatou a rir imediatamente? O Alvarenga sorriu com toda a cara e depois desatou a rir? O Alvarenga sorriu só com boca e depois forçou o riso? Ou o Alvarenga sorriu de repente só com os olhos, depois carregou com o sorriso para a boca, e depois forçou o riso?»

O Chefe Guedes ia a inclinar-se para trás na cadeira, e semi-cerrava os olhos para os cerrar. Mas atirou-se outra vez para a frente, com uma expressão perplexa mas iluminada.

«O último, doutor, o último. Logo que lhe fiz a pergunta, os olhos brilharam-lhe, depois, um momento depois, sorriu com a boca; foi depois que riu, e, realmente, parece-me que a sua expressão "forçou o riso" está absolutamente certa. Não reparei na ocasião, mas agora reparo; tenho presente o som do riso, e está certo [o] que o doutor diz. Naturalmente sou também visual com os ouvidos.»

«Boa frase, Guedes, e a sua resposta era o que eu já supunha. Não lhe queria, contudo, sugerir nada. Está muito bem. O caso é interessantíssimo. Não há mais nada, que você se lembre, para me contar?

«Nada mais, doutor, infelizmente... O dr. acha que, com isto que lhe contei, me pode dar qualquer indicação para eu investigar em qualquer sentido que me dê a chave do problema?»

«Não é preciso.»

«Não é preciso, porquê?» — E o Guedes pasmou um pouco.

«Já o resolvi», disse o dr. Quaresma.

«Eh?» entregritou o Guedes, semi-erguendo-se [na]cadeira.

«Já o resolvi», repetiu Quaresma.

«Mas já o resolveu como, ó dr? Já o resolveu com quê?»

«Com quê? Com que dados? Com os que você me deu... Que outros dados tinha eu, homem? O que sei do caso é o que você me contou...»

«Mas o que eu contei não é nada.»

«Se não fosse nada, eu não tiraria conclusão nenhuma. Não: os dados que você me forneceu são suficientes para a solução completa do caso.»

«A solução completa, como?»

«A solução de todas as incógnitas. Sei como a carta foi tirada, sei quem a tirou, e sei o motivo por que a tirou.»

«O quê? O próprio motivo?»

«Sim. Em outras palavras, conheço o conteúdo da carta.»

«Mas, por amor de Deus, doutor, eu o que é que lhe di... O conteúdo da carta!»

«Sim, o conteúdo da carta... E sei também, não só os factos principais da história que conduziu a este roubo, mas até as linhas gerais dos factos futuros que...»

«Alto lá, ó doutor... Isso agora é chuchar comigo. Perdoe, mas é chuchar comigo. Saber o que se passou, vá — não compreendo como, mas vá — nessas coisas o dr. é capaz de tudo, e ninguém o sabe melhor do que eu. Agora profecias...» e o Guedes ergueu os braços e empilhou os ombros largos contra a cabeça.

«Não se chamam profecias. Este caso é fácil de resolver — o caso, propriamente dito — por um raciocínio simples e não especializado. Há, porém, elementos na história do que se passou que caem sob a alçada do clínico — do psiquiatra —, embora seja muito fácil explicá-los a qualquer leigo. São esses factos que estabelecem a linha geral dos factos futuros. É por isso que eu disse que não se tratava de profecia. A este género de previsão chama-se um prognóstico.»

O médico levou o charuto à boca e estalou lentamente o fumo. Guedes olhou-o silencioso, com um ar de quem dorme muito acordado.

«Você tem pressa, ó Guedes?»

«Pressa?» rebentou o Guedes. «Tenho pressa mas é de o ouvir...»

«Então ouça», disse o dr. Quaresma.

◆

«Há três espécies de sorriso, meu caro Guedes: o que surge nos olhos, o que surge na boca, e o que surge, ao mesmo tempo, nos olhos e na boca. O que surge nos olhos pode passar à boca, o que surge na boca pode alastrar para os olhos, mas o ponto de origem é que importa; o resto é duvidoso, tanto porque pode ser um simples reflexo orgânico, como porque pode ser acrescentado por uma artificialidade, instintiva ou não. Não sei se me explico bem...»

«Razoavelmente, doutor. Mas estou à espera que se vá explicar melhor...»

«Vou. O sorriso que nasce na boca e nos olhos, ao mesmo tempo, é o sorriso completo e natural — é o sorriso de quem sorri sem reservas nem pensamentos somente porque o que se disse, ou se fez, fez sorrir; porque se lhe achou graça ou fez uma pessoa cómica. O sorriso que nasce na boca, sem que os olhos imediatamente o acompanhem, é o sorriso de quem não acha graça realmente, ou □; pois a boca é o órgão social de expressão da face.

«Quando, porém, o sorriso nasce espontaneamente nos olhos, mas não alastra logo à boca, é que se acha graça, mas num movimento instintivo da alma quase resultando do facto de que se achou graça. Se você fizer, perante alguém que tem cerimónia consigo, um disparate, ou o disser, você vê a crítica nos olhos do seu companheiro; se ele tiver o domínio preciso de si mesmo não lho verá na boca. A expressão do olhar é a espontaneidade pura; é, de todas as expressões, a que menos sujeita está ao domínio da vontade. Numa cara rígida e inexpressiva, o medo, o desejo, a angústia não conseguem esconder-se do olhar. O olhar não será o espelho da alma, mas é o espelho do movimento da alma.»

◆

«Em todo o caso onde há crime, ou se presume que há crime,» disse o dr. Quaresma, «há que considerar, depois de o facto estar definitivamente estabelecido, cinco circunstâncias diferentes, todas elas relativas ao crime, ou crime suposto, e todas elas entre si relacionadas, de modo que, ignoradas umas, a elas se possa chegar por meio das que são conhecidas. E o processo será sempre o mesmo: primeiro, determinar bem quais dessas circunstâncias são conhecidas; segundo, sendo elas conhecidas, determinar se são inteiramente conhecidas, ou se o não são inteiramente; terceiro, fazer por tornar inteiramente conhecidas e definidas aquelas circunstâncias que o estejam imperfeitamente. Feito isto, entraremos noutro capítulo da investigação lógica; por agora, limitemo-nos a este.

«As cinco circunstâncias, em que falei, relativamente a um crime, ou presunção de crime, são as seguintes: primeiro, onde foi cometido; segundo, quando foi cometido; terceiro, como foi cometido; quarto, porque foi cometido; quinto, quem o cometeu? As duas primeiras circunstâncias são materiais; as duas últimas imateriais; a terceira participa das duas.

«No caso presente, e partindo do princípio aceitável, ainda que não lhe possamos chamar definitivamente assente (tal é a confusão que os testemunhos diretos produzem), de que o crime (isto é, o roubo da carta — assim o consideremos, sem mais exame de momento) foi praticado na sala da casa do engenheiro, e entre as horas de saída dele e da mulher e a de chegada do destinatário da carta, sabemos já, perfeitamente, o onde e o quando do crime. Se não há qualquer vício, ou viciação do testemunho, temos estes dois pontos por assentes.

«Os outros três pontos, porém, são obscuros. Não sabemos, de início, como a carta foi tirada; não sabemos, visto desconhecermos, até por presunção, o seu conteúdo, por que motivo seria tirada; e não sabemos quem a tirou.

«Estes três pontos, digo, são obscuros. Vejamos, porém, se são igualmente obscuros. Logo à primeira vista, descobrimos uma cousa: que, ao passo que o autor do crime é desconhecido, e que o motivo do crime é desconhecido, o modo do crime não só é desconhecido, mas é estranho. Ora ser estranho é já alguma cousa; do que se sabe que é estranho, não se pode dizer que se não sabe nada, por isso mesmo que se sabe que é estranho, e isso é já saber-se alguma cousa.

«Entramos agora no segundo estádio da nossa investigação. Ela resume-se em dois processos lógicos: primeiro, qual dos elementos desconhecidos é menos desconhecido? 2.º qual dos elementos desconhecidos é mais estranho? O menos desconhecido será mais fácil como primeiro elemento de investigação, porque já dele se sabe parte. O mais estranho será mais fácil como elemento de investigação, porque quanto mais estranho é um facto, em menor número são as hipóteses que o podem explicar.»

«Porquê, doutor?» perguntou o Guedes.

«Porquê, o quê?» interrogou o dr. Quaresma.

«Porque é que, quanto mais estranho é um facto, menor é o número de hipóteses para o explicar?»

«Porque o estranho é o invulgar, e há evidentemente menos causas para o invulgar do que para o vulgar. Se amanhã aparecer morto numa rua de Lisboa um homem que assassinaram com uma facada, você, só pela facada (não me refiro agora à identidade do homem e das conclusões que se possam tirar dela) não poderá concluir muito quanto à natureza do criminoso. Se esse homem tiver sido morto por uma punhalada de um punhal delgado, restringe-se forçosamente o número de criminosos possíveis. Se tiver sido morto por uma seta, poderá haver dificuldade material em acertar com o criminoso, mas haverá facilidade em desde logo eliminar um grande número de criminosos. Você compreende, não é verdade?»

«Perfeitamente.»

«Ora neste caso,» prosseguiu Quaresma, «o pouco que se conhece e a estranheza reunem-se no mesmo elemento de investigação; no modo como o crime se praticou. É sobre este elemento, pois, que tem que incidir o seguimento da nossa investigação.

«Vejamos bem em que consiste a estranheza. Consiste no desaparecimento de uma carta de um quarto hermeticamente fechado. Apertemos mais, logicamente: trata-se do desaparecimento de um objeto inanimado de um quarto fechado. E agora, meu caro Guedes, apertemos ainda mais, e chegamos ao ponto que você não viu. Esse ponto é a natureza do objeto desaparecido. Você considerou o desaparecimento de uma carta de um quarto fechado como análogo ao desaparecimento de qualquer objeto inanimado de um quarto fechado. Você não considerou que uma carta é um objeto especial, olhando à sua capacidade cúbica. Sim, uma carta não é um cadáver nem um caixote: é um objeto pequeno, principalmente caracterizado, em geral, pela sua extrema chateza. Em outras palavras, uma carta é um objeto inanimado que cabe por uma fisga, por uma greta, ao passo que o mesmo não acontece a objetos, inanimados ou não, de maior espessura.»

«Ora bolas!» disse o Chefe Guedes. «Sinto vontade de ir aprender a andar.»

«Isto é simples, não é?» perguntou Quaresma.

«Não me fale mais nisso, doutor! Continue…»

«O problema, assim visto, transforma-se logo. Não se trata do desaparecimento de um objeto de um quarto hermeticamente fechado. Trata-se do desaparecimento de um objeto chato que, se no quarto há fisgas ou gretas, por onde caiba, não desaparece de um quarto hermeticamente fechado quanto a esse objeto. Expus bem?»

«Mais que muito bem, doutor. Ande lá p'ra diante…»

«Ora que fisgas ou gretas haveria na sala do engenheiro. Fechadas as janelas, é de presumir que não houvesse aí nenhumas. A casa, pelo que você me disse, é de boa construção, e nessas casas as janelas são cuidadas nesse sentido. Além disso, a saída pelas janelas não parece muito indicada, dado que não são de varanda e que são num segundo andar alto.

«Restam-nos as fisgas ou gretas por baixo das portas, e essas com certeza existem, porque em toda a parte existem, exceto onde um tapete ou oleado encosta mesmo à porta, e, ainda assim, é incómodo se ela não abre para fora. Podemos assumir, pois, que há duas saídas possíveis para uma carta, nesse quarto já não hermeticamente fechado: a greta por baixo da porta de entrada, e a greta por baixo da porta fechada. Ora, como é a porta fechada que está em linha com a mesa pequena onde foi posta a carta, é a greta que está por baixo dessa porta que está naturalmente indicada como ponto de saída possível.

«Consideremos, agora, de que modo se pode fazer sair a carta de cima da mesa para fora do quarto, através dessa greta por baixo dessa porta. Não há muito que pensar: um fio ligado à carta por um alfinete ou outra prisão qualquer de pouco volume e altura; esse fio, preliminarmente preparado, passado do corredor por baixo da porta até à mesa com o alfinete na ponta; a colocação da carta em cima da mesa, prendendo-a ao alfinete que já lá estaria; fechada a porta, a pessoa que preparava isto tudo, saía para o corredor, puxava o fio e a carta vinha a reboque pela sala fora, passava por debaixo da porta e desaparecia para sempre. Ora...»

O Chefe Guedes ergueu-se da cadeira, com a cara entomatada, e, dando um formidável murro na mesa, pronunciou uma série de exclamações que, como constavam principalmente de palavras excluídas dos dicionários vulgares, e esta narrativa não pretende senão servir-se das comuns, não serão aqui transcritas.

«Perdão, doutor...» disse o Guedes, e tornou a sentar-se.

«Uma coisa facilitava extraordinariamente esta manobra; quero crer, até, que talvez fosse o que de algum modo a sugerisse: a cor comum do tapete da sala e do pano da mesa. Um fio de retrós verde forte, ou um fio de retrós verde vulgar duplicado, qualquer destas cousas serviria.»

«E, agora, tendo determinado o único meio provável como a carta teria sido extraída do quarto pseudo-fechado, imediatamente esclarecemos quem foi que a tirou. Foi a pessoa que lá a pôs. E quando vemos que essa pessoa foi quem suscitou a ideia do passeio e da ausência quando o Simas viesse; quando notamos que essa pessoa é de um temperamento histérico, e portanto predisposto às coisas imaginosas e disparatadas, o modo de desaparecimento da carta fica não só resolvido, mas nitidamente explicado, no seu modo e na razão do seu modo.

«Chegámos, pois, a duas conclusões: sabemos como a carta foi tirada, e sabemos que quem a tirou foi a mulher do engenheiro.»

O charuto do Quaresma apagara-se. Na suspensão do argumento, o charadista acendeu novo fósforo e reanimou a vida da nicotina. Mas, antes que falasse de novo, o Guedes, que tinha estado ainda num crepúsculo da apoplexia de pasmo e de indignação, explodiu outra vez.

◆

«Há três estados mentais distintos, se bem que se confundam nas fronteiras, como tudo. Há o estado mental normal, há o estado mental anormal mas não louco, e há o estado mental de loucura.

«O que é o estado mental normal? É aquele em que há um equilíbrio dos elementos mentais, uma harmonia entre eles, de sorte que os atos dos indivíduos se não distinguem dos atos da generalidade dos indivíduos, em tipo, pelo menos, senão em qualidade.

«É evidente que os elementos mentais variam em grau de homem para homem, e não há elementos mentais igualmente desenvolvidos no mesmo homem. Se assim é, em que consiste a chamada normalidade, ou seja o equilíbrio entre esses elementos, necessariamente mais acentuados uns do que outros? Como nasce harmonia da desigualdade? Do facto, evidentemente, de que essa desigualdade é limitada, e de que nenhum elemento é a tal ponto deficiente ou excedente, em relação aos outros, que perturbe a harmonia. E o que é perturbar a harmonia? É essa deficiência ou excedência de tal modo se manifestar que estorve a atividade de outros elementos. Quando, por exemplo, o instinto de ganância está a tal ponto desenvolvido que estorva a ação do senso moral ou social, ou, concomitantemente, o instinto moral ou social é a tal ponto atrofiado que não inibe o senso de ganância, há uma rutura de equilíbrio, e o indivíduo, em quem isto se passa, é um anormal.

«Suponhamos, porém, que o elemento mental emergente, ou por excedência ou por deficiência, é excessivamente emergente. Em vez de estorvar este ou aquele outro elemento mental na sua ação, estorvará mais do que um; e, assim, no progresso da escala da anormalidade, a emergência desse elemento irá invadindo o espírito inteiro. Esta invasão do espírito inteiro, por um elemento mental excessivamente deprimido ou exaltado, é o que se chama a loucura. Assim como entre certos estados de normalidade e os primeiros estados de anormalidade não há distinção muito fácil, assim entre os estados graves de anormalidade e os estados primitivos da loucura não é, também, fácil a distinção.

«Ora a invasão do espírito inteiro, pela deficiência ou excedência de um elemento, revela-se de uma de três maneiras diferentes: pela depressão mental, como na idiotia e na demência; pela confusão mental, como nas loucuras cujo distintivo é o delírio ou a perturbação geral do espírito; e pela viciação central das operações do espírito, com na chamada loucura lúcida, ou paranoia.

«A loucura caracteriza-se, essencialmente, pela perda da adaptação mental ao que chamamos realidade, ou seja pela incapacidade de distinguir entre os fenómenos subjetivos e objetivos. A loucura é sonhar acordado sem dar por isso.

«No homem normal, os motivos da ação são normais e as maneiras de executar são normais também. O homem normal é vulgar nos seus motivos de ação e banal na maneira de os executar. No homem anormal, mas não louco, ou os motivos são anormais e a execução é normal; ou os motivos são normais e a execução é anormal.

«No homem normal, há uma adaptação entre motivo e execução; no anormal, há uma desadaptação; no louco há uma adaptação falsa.

«No homem normal, os motivos da ação são normais e os processos normais também; há uma adaptação de uns a outros. No homem anormal, mas não louco, os motivos são anormais e os processos correspondentemente anormais; há a mesma adaptação entre uns e outros. No louco esta adaptação cessa; e, quer os motivos sejam normais ou anormais, e os processos normais ou anormais, ou temos um motivo normal com um processo anormal, ou temos um motivo anormal com um processo normal, ou temos um motivo anormal com um processo anormal também, mas não ajustado a esse motivo.

«Vou-lhe dar um exemplo, onde isto lhe surgirá claro. Um indivíduo vai por uma rua fora, e um outro, ao passar, pisa-lhe um pé. O homem normal sente a dor, protesta, e irrita-se mais ou menos, conforme o seu temperamento particular, mas a sua irritação não excede um certo limite. O homem anormal — se a sua anormalidade é dessa ordem, bem entendido —, irrita-se violentamente, e ou descompõe o pisador com uma excessividade que o caso não justifica, ou, até, e sem mais, se atira ao ofendente. Aqui a anormalidade consiste no excesso de irritação sentido, mas, admitido esse excesso de irritação, a violência está perfeitamente de acordo com ele; porque o homem normal, se tivesse sentido esse excesso de irritação, agiria do mesmo modo. Suponhamos, porém, que o indivíduo pisado se irrita, cala a sua irritação, fixa o indivíduo que o pisou, e segue meditando naquilo, chegando por fim a construir dentro de si uma longa história em que o transeunte casual é emissário de determinados inimigos seus que o encarregaram de lhe pisar um pé para lhe escangalhar o dia, ou para o molestar. Aqui a reação ao estímulo exterior está inteiramente fora de conformidade com o estímulo.

«Estou-me referindo, é claro, a um tipo especial de loucura. O pisado pode ser louco e reagir simplesmente como o homem normal, ou como o homem simplesmente anormal; é que a sua loucura não é de espécie a reagir loucamente num caso destes.

«No caso dessa mulher, o que faria uma mulher normal? Procuraria obter a carta por um meio normal; falhando isso, desistiria de a obter e ou confiava que nada resultasse, ou se resignava ao destino que lhe caíra em cima; poderia, até, numa exaltação temporária, fugir ou suicidar-se. Seria um episódio anormal dentro da normalidade, mas a anormalidade viria das circunstâncias não da pessoa.

«No caso dessa mulher, o que faria uma mulher anormal? Dada a gravidade do caso, agiria de um modo extravagante e anormal, mas consentâneo com a sua perturbação. Em outras palavras, agiria como a mulher normal, mas excessivamente. Ou fugiria ou se mataria logo, antes mesmo de ver nitidamente o desastre; ou tentaria obter a carta por artes de fascinação e sedução, arranjadas lá como entendesse e sob a pressão da gravidade do assunto; ou roubaria a carta por um golpe de audácia arriscado; ou ministraria qualquer droga ao marido, para lhe tirar as chaves do cofre e roubar a carta. Reagiria como uma pessoa normal, apenas com mais audácia, com mais tensão, ou com mais subtileza.

«No caso dessa mulher, o que faria uma mulher louca? No caso da loucura de depressão, não faria nada. No caso da loucura de perturbação, ou endoideceria mais, ou endoideceria de vez, se não estivesse ainda plenamente louca; no caso da loucura lúcida, procuraria ou complicar o assunto por qualquer estratagema absurdo e prolixo, ou procuraria roubar a carta por qualquer estratagema extravagante mas banal. Mas banal, meu caro Guedes: chamo a sua atenção para isso. A manha do louco é complexa, subtil, mas sem originalidade. Isto vê-se bem nas composições literárias dos alienados: são extravagantes de ideias ou de expressão, mas, no fundo, de uma grande banalidade. E assim se compreende que deva ser: é nas esferas mentais superiores que se elabora a originalidade, e são precisamente as esferas mentais superiores que são atacadas pela loucura. Restam as esferas mentais inferiores, cuja atividade é puramente imitativa.»

«Mas então, doutor...»

«Exatamente...Você vai dizer que o ato desta mulher não está em nenhum dos três casos, que nem é o ato de uma mulher normal, nem de uma mulher anormal, nem de uma mulher louca.»

«Exatamente, mas então que diabo...»

«Ora é esse mesmo o ponto que eu quis tornar claro — que o ato desta mulher não está conforme com nenhum dos três tipos de mentalidade humana. É anormal num outro sentido — no sentido lógico, e não psicológico, por assim dizer.»

Quaresma reacendeu o charuto, enquanto o Guedes não tirava dele a expressão atenta dos olhos.

«Se esta mulher procedeu de uma maneira que se não conforma com nenhum dos três tipos de mentalidade humana, é que está presentemente fora desses três tipos. Quer isto dizer que está em qualquer ponto intermédio entre dois desses tipos. Ora quais são os característicos distintivos do processo que ela empregou para roubar a carta? São, evidentemente, a extravagância desnecessária, e a perfeita habilidade, ou manha, com que essa extravagância foi posta em prática. A extravagância desnecessária é o característico do ato anormal. A habilidade, ou manha, pode ser característica da normalidade ou da loucura. Em ambos os casos, porém, a manha é banal; e aqui a manha foi banal; a extravagância está no processo, pois a habilidade com que ele foi posto em prática não sai da banalidade. Chamo a sua atenção para este facto: a habilidade em levar o marido em sair com ela nesse dia, o aparato todo de pôr a carta em cima da mesa, recomendar cuidado à criada, e tudo o mais, são atos de manha banal; simplesmente se ajustam a um processo anormal fundamental. Mas a manha banal do indivíduo normal e a manha banal do louco diferem num ponto: a manha banal do normal é banal porque o normal usa processos banais, e por isso os põe em prática banalmente; a manha do louco é banal porque a ruína mental lhe não permite o emprego da originalidade. E a manha do louco ajusta-se sempre a processos loucos, ou a motivos loucos. Aqui temos, pois, ou uma manha banal juntando-se a um processo anormal, ou uma manha de louco juntando-se a um processo anormal. Ora a manha é um emprego da inteligência, e o emprego da inteligência difere, do homem normal para o louco, em que no louco ela serve apenas para dar expressão à loucura, ao passo que no homem normal ela é não só expressiva mas inibitiva, pois são essas, salvo no louco — onde a inibição acabou — as duas funções da inteligência. Se, portanto, a manha desta mulher fosse normal, o primeiro resultado seria rejeitar o processo extravagante de roubar a carta, inibir o impulso que sugeria que ela a roubasse assim. Como não foi isto que sucedeu, como a manha foi só expressiva e não já inibitiva também, verificamos que o ato desta mulher é um ato de uma pessoa que está no ponto intermédio entre a anormalidade e a loucura.»

«Ótimo!» disse o Guedes.

«Ora, meu caro Guedes, não há classe mental intermédia entre a anormalidade e a loucura.»

«Bonito! Exclamou o chefe. Esse último bocado é que está claríssimo!»

«Vai ver que está» respondeu Quaresma, rindo. «Não há classe entre a anormalidade e a loucura, porque não há ponto fixo entre as duas. O espaço entre as duas é dinâmico e não estático. Estar entre a anormalidade e a loucura não quer dizer estar entre a anormalidade e a loucura; quer dizer estar passando da anormalidade para a loucura. Este ato, meu caro Guedes, é o último ato racional dessa pobre mulher. Em qualquer caso, a paranoia seria inevitável, mas creio que este incidente da carta a fará eclodir mais cedo. O mais grave do caso é o êxito do roubo.»

«Essa é boa, porquê?»

«Porque vai intensificar a exagerada autofilia que é um dos fenómenos mentais onde a paranoia assenta. Essa mulher está hoje cheia de júbilo do que conseguiu fazer. Sente-se cada vez mais isoladamente superior a todos na família. O alívio é desinibidor. A sua tendência para mandar e dominar vai agravar-se de hoje em diante. Essa maior pressão de domínio vai levantar oposições — brandas ou não, mas vai levantá-las. Gradualmente, a vida familial se irá tornando mais difícil;

essas oposições e resistências, por brandas que sejam, ir-se-ão acentuando, e sobretudo se irão acentuando para aquela alma concentrada em si mesma. Ela apertará mais a pressão; as resistências aumentarão, por brandas que sempre sejam. E então essa mulher sentirá francamente (no período de estudo, como se diz) que tem em seu torno só inimigos. Entrará a pensar o que é que eles lhe quererão fazer. E a paranoia entrará então na fase persecutória. Em outras palavras, a loucura estará declarada.»

«É uma felicidade para a família, não haja dúvida!» disse o Guedes. «O que vale é que a metem num manicómio e pronto.»

«Não é tão pronto com você julga. Em primeiro lugar, na paranoia não se dá com a cabeça nas paredes, nem se dizem disparates. O espírito, centralmente viciado, está perfeitamente lúcido na sua superfície; o raciocínio, sobretudo, por cuja ausência ou perturbação a maioria dos leigos mede a loucura, estará intacto. Simplesmente raciocinará sempre sobre dados falsos, provenientes de um estado alucinatório central. Ela irá para um manicómio, sim, mas só depois do exame clínico que naturalmente se seguira ao assassínio que ela praticar, ou (oxalá que assim seja) apenas tentar praticar.»

«O quê? O doutor prevê que ela tente matar alguém?»

«Tenho a certeza absoluta. Pelo menos de que tentará matar; mas creio que só uma circunstância muito excecional evitará o êxito da tentativa de morte. A força da mentalidade dela, a habilidade real que ela tem, são os característicos, não do simples perseguido, mas do perseguido-perseguidor, isto é, do perseguido criminoso. Os característicos do perseguido-perseguidor são até, durante a crise, singularmente parecidos com os característicos permanentes do assassino típico. Repare você: o espírito dela continuará lúcido, a manha perfeitamente de saúde. Ora imagine você uma criatura que engendrou este roubo da carta a aplicar essa mesma manha a assassinar alguém.»

O Chefe Guedes passou a mão pela testa. «Caramba!», disse, «É animador. Ainda bem que não sou da casa... e em quem é que esse diabo dá o tiro?»

«Não dá tiro nenhum. A arma será o veneno.»

«A mais simpática de todas... Arre que arrojo!... Mas porquê o veneno, ó doutor?»

«Você compreende: uma coisa é a mentalidade típica do louco, neste caso a do paranoico, outra coisa são as qualidades temperamentais da pessoa, independentemente da sua loucura e das suas qualidades especiais provenientes dessa loucura. Assim como há loucos altos, baixos, louros e morenos, assim há loucos violentos por temperamentos, e loucos astutos por temperamento. Evidentemente que a operação da loucura, sendo em uns e outros idêntica quanto aos resultados gerais, atingirá esses resultados gerais por meios provenientes do temperamento pessoal e particular de cada louco. Esta mulher tem a mentalidade pessoal que acabará na paranoia de perseguido-perseguidor. Por esse lado a sua mentalidade levá-la-á ao assassínio, de mais a mais que a sua dureza, a sua frieza naturais intensificam a amoralidade desse tipo de loucura. Mas, e aparte isso, ela é por temperamento, não uma expansiva e violenta — poderia sê-lo — mas uma concentrada e uma astuta. (Este próprio caso da carta no-lo mostrou suficientemente.) Quando ela portanto chegar ao ponto de loucura necessário para querer matar, para achar necessário matar (lá segundo a mentalidade dela[1]) ela buscará o modo de matar consentâneo com a astúcia e a subtileza, e esse modo é o veneno, que ela obterá com grande facilidade, dada essa mesma astúcia. Acresce que, sendo mulher, tenderia já, por sexo, para as formas de crime características desse sexo, e o veneno, a droga, é a arma que mais facilmente ocorre ao sexo astuto.»

«E a quem envenenará ela, doutor? O seu raciocínio pode chegar até aí?»

«Não sei bem se chega, Guedes. Mas quero crer que posso ir até aí. Deve envenenar o marido.»

«Pobre diabo! E isso depois de o trair e de lhe ir de aqui em diante azedar toda a vida, não é verdade?»

«Sim, mas creio bem que, sendo quase fatal a conclusão de que ela chegará ao assassínio, é de concluir que matará o marido. Creio, até, que não só tentará mas conseguirá. Vejamos bem. É ao marido que ela está ligada, e é portanto no marido que ela verá a maior oposição quando começar a imaginar inimizades. É libertando-se do marido que ela se sentirá livre. É o marido a quem ela mais domina, e em cuja resistência sentirá mais viva a inimizade suposta. As resistências alheias — da criada, do próprio petiz, de quem quer que mais seja — ela as atribuirá a manobras do marido incapaz delas, suponho, mas isso não importa. Além disso ela não gosta dele. Tudo isso se concentrará num propósito firme que, não tenho dúvida nenhuma, ela executará com uma grande segurança e firmeza. A paranoia não prejudica os movimentos mentais...»

«Foi uma bonita descoberta do Criador!» disse asperamente o Guedes, «e realmente é muito agradável a gente estar aqui a contemplar a frio o assassínio de um pobre diabo que não tem outra culpa senão ser parvo e ter casado com esse estupor. Arre, que já é azar!»

«Mas o que é que você quer fazer?»

«Nada. Que hei de eu fazer? Não se pode agora ir avisar o homem...»

«Sim, é impossível avisá-lo... Estamos atados ao Destino. Não há nada a fazer...

♦

«De que diabo está você a rir?»

«Não é de nada que o dr. dissesse. O que o dr. disse está certíssimo, nem eu ria disso nem que o não achasse certo. Estou a rir de outra coisa. Estou-me a lembrar da conversa do Simas esta manhã, comigo, lá no Governo Civil.» (Guedes sorriu outra vez). «Afinal não importa, dizia o tipo; a carta não havia de ser nada realmente de importante e não valia a pena estar a maçar mais aquela gente, coitada... E, ó dr., depois acrescentou, com ar que eu gostava de poder imitar: é uma família tão simpática, um casal tão amigo, tão carinhoso...»

«Até certo ponto isso não está errado...» e Quaresma sorriu cansadamente.

«Raios os partam todos!» disse o Chefe Guedes.

♦

«Então isto agora é magia recreativa, hein? E a Investigação Criminal tem que se haver com prestidigitação? "A carta mágica" hein, doutor.»

«A carta mágica, sim. Não é mau nome.»

O Guedes saiu outra vez para fora do dicionário.

# CRIME

O Chefe Manuel Guedes, da Investigação Criminal, acabava de escrever as últimas linhas de uma coisa qualquer, enquanto de pé, do outro lado da secretária, um agente, com papéis à mão, esperava por isso. O Guedes acabou[1], depôs a caneta, e depois de meditar, ainda um pouco sem dúvida o que acabava de escrever, encostou-se para trás na cadeira, mudando para comunicativa a expressão até ali aberta do seu rosto viril, bonacheirão de natureza[2], mas a que qualquer coisa — ou inteligência, ou o vício profissional, ou ambas as coisas — devam um subtom de dureza. Cofiou um momento a guia direita do bigode preto a grisalho; ergueu depois os olhos para o agente.

«Diga lá, Pereira.»

O agente levantou os papéis que tinha quase deposto sobre a mesa.

«Sente-se aqui Pereira», disse o Guedes.

O agente sentou-se na cadeira indicada, à direita do chefe, e pôs os papéis sobre a secretária.

«Sr. chefe, está ali aquele rapaz Lopes, que foi quem saiu ontem da festa nas Juventudes Católicas com o que foi encontrado morto no rio.»

«Ah, manda entrar.»

Entrou um rapaz de estatura um pouco acima de mediana, decentemente vestido de azul-escuro. Tinha uma cara vulgar e simpática, um ar inteligente, quase subtil, e olhos do que poderia chamar-se um negro vagamente baço. Era isto que se percebia por trás do que primeiro se via nele agora — o seu aspecto deprimido, os seus olhos inchados de chorar.

«Sente-se aqui,» disse o Chefe Guedes. O rapaz obedeceu.

«Era o sr. um grande amigo deste pobre rapaz Monteiro que apareceu morto no rio?»

«Era o maior amigo dele, como ele era o maior amigo meu.»

«O sr. chama-se José António Lopes, não é verdade?» continuou o chefe em tom de parênteses. Tem 21 anos e mora na Rua-----.»

«Sim senhor.»

«Ora qual foi a última ocasião em que viu o seu amigo em vida? Isto é, qual foi, o mais exatamente possível, a hora em que pela última vez o viu vivo.»

«Posso dizer-lhe exatamente: foi à meia-noite e cinco minutos...»

«De anteontem, está claro.»

«Sim, está claro.»

«Como tem a hora assim tão certa?»

«É muito simples, sr. chefe. Nós tínhamos que ir à festa das Juventudes — das Juventudes Católicas a que nós ambos pertencemos. Ele passou por minha casa — ele morava um pouco adiante de mim, isto é, um pouco adiante no sentido de quem vai da Baixa para o lado do Beato. Ainda há uns cinco minutos de caminho, não andando devagar, da minha casa à dele. Ora, como éramos muito amigos e nos dávamos sempre muito bem, tanto que nunca houve entre nós a mais leve zanga, gostávamos de andar juntos sempre que podíamos. Em ocasiões como esta mais fácil era, pois morávamos para o mesmo lado e íamos à mesma festa. Seria um pouco antes das oito e meia (essa hora não sei ao certo) que ele passou por minha casa para irmos juntos para a festa; digo que seria pouco antes das oito e meia porque chegámos às Juventudes às dez para as nove — a festa era às nove —, e sei, por ter feito esse caminho tanta vez, que no meu andar, e também no dele que andava pela mesma, levava-se meia hora certa da minha casa às Juventudes.»

«Muito bem, muito bem. Vá dizendo. É precisamente isso tudo que eu gosto de saber.»

«Fomos à festa, lá estivemos, e, embora a festa continuasse, achámos que era já tarde para nós, que tínhamos que nos levantar cedo. Não reparei a hora exata em que saímos das Juventudes, porque, depois de decidirmos vir-nos embora, ainda fomos demorados um pouco a conversar. Mas como cheguei a casa à meia-noite e cinco, e viemos no nosso passo do costume, devemos ter saído das Juventudes um pouco depois das onze e meia. Eu não sei se…

«Vai muito bem, vai muito bem. Não tenha medo de maçar. Quanto mais detalhes me der, menos me maça.»

O rapaz prosseguiu, arrancado um pouco, pela atenção que dava à sua narrativa simples, da depressão manifesta em que viera.

«Ao chegarmos à porta da minha casa despedimo-nos, eu subi logo e ele continuou o seu caminho.» (A voz do rapaz tremeu.) «Foi essa a última vez que o vi em vida.»

«Não estiveram a conversar à porta da sua casa?»

«Não: estávamos ambos com pressa de nos deitar. Eu subi logo e deitei-me dez minutos depois, e isto apesar de estar lá gente de fora em casa. Mas não era gente de cerimónia, e eu pedi desculpa e fui-me deitar... Ah, o sr. chefe quer como é que eu tenho a hora tão certa — a hora de eu chegar a casa. Foi assim. Logo que entrei na casa de jantar, olhei para o relógio e vi que era meia-noite e cinco. O Padre Abel — o nome é Abel Nunes —, um velho amigo de meu pai, e que era uma das pessoas que estava lá em casa, perguntou-me a brincar de que pândega eu vinha à meia-noite e cinco, e isto horas vistas pelo relógio dele. É por isso que tenho a hora tão certa — por dois relógios.»

«Ótimo. E é verdade: quem estava lá além do Padre Abel Nunes?»

«Quem estava?», disse o rapaz um pouco surpreendido. «De fora?»

«De fora e da casa.»

«Da casa estava minha tia e, lá para a cozinha, a criada. De fora, além do Padre Abel, estavam dois primos meus, marido e mulher, pessoas já de certa idade. Mas...»

O Chefe Guedes sorriu.

«Eu lhe explico. Quando há qualquer morte que pode ser crime...»

«Mas como pode...?»

«Oiça: já vamos a isso. Quando há qualquer morte que possa ser um crime, uma das primeiras coisas que temos que saber é onde estavam, à hora presumível da morte, as pessoas que estiveram mais recentemente com o morto, ou as pessoas que poderiam ter qualquer desejo ou vantagem em que ele morresse.»

«Mas eu, eu!...» exclamou o rapaz horrorizado.

«Sossegue», atalhou o Guedes sorrindo. «Eu não o estou pondo nessa categoria. Há caras que não leio, mas a sua lê-se muito bem, e nunca o julgaria capaz de matar alguém, e muito menos o seu melhor amigo (vê-se pelos seus olhos que deveria sê-lo.) Mas temos que aplicar este processo a todos. O sr. aliás não está na categoria dos suspeitos, mas na das pessoas que viram o morto pouco antes da hora presumível da morte. E se começo este género de perguntas por si, é simplesmente porque é o sr. a primeira testemunha que interrogo, exceto, é claro, os que acharam o corpo e o guarda que eles chamaram. Portanto não se zangue. Vamos lá continuar. Temos então que, tanto quanto sabe, foi o senhor a última pessoa que viu e falou ao Monteiro antes de ele morrer, supondo, é claro, que ele não morreu assassinado, porque então a última pessoa foi o assassino.»

«Perdão, sr. Chefe Guedes, não é bem assim. Tirante isso do assassino, em que não acredito — quero dizer não acredito que o Álvaro fosse assassinado (quem é que o quereria assassinar?) —, tirante isso, há pelo menos um indivíduo, que por sinal não sei quem é, que viu e falou ao Álvaro depois de mim.»

«Como foi isso?» exclamou o Guedes. «Então o sr. não disse que foi logo para cima? Chegou à janela por acaso? Ou sabe indiretamente desse outro indivíduo?»

«É muito simples, sr. Chefe Guedes. Quando chegámos à minha porta, despedimo-nos logo, como já lhe disse, e o Álvaro seguiu imediatamente em direção a casa, pelo meu lado do passeio. Ora, entre tirar da algibeira a chave do trinco, metê-la na fechadura e abrir a porta, sempre vão uns segundos. Enquanto fazia isto, estava virado para o lado para onde o Álvaro seguia. Tinha eu acabado de dar a volta à chave quando reparei, e confesso que foi com uma certa admiração, que um indivíduo que estava do outro lado da rua, no escuro, e que devia ter estado parado, pois senão, àquela hora, ouviam-se-lhe os passos — reparei que esse indivíduo, um indivíduo de sobretudo e chapéu mole escuros, atravessou e se dirigiu para o Álvaro. O Álvaro parece que o conheceu logo, pois atravessou a rua ao encontro dele. Encontraram-se quase a meio da rua, apertaram as mãos, e depois seguiram juntos para diante.»

«Olá! Olá!», disse o Guedes. «E diz o sr. que não sabe quem esse indivíduo é? Conseguiu vê-lo bem?»

«Quando atravessou a rua, consegui. O lado de cá da rua, embora pouco iluminado, sempre estava mais que o outro, que estava perfeitamente escuro. E tanto estava que não vi o homem, que lá devia estar parado, senão quando ele avançou em direção ao Álvaro.»

«E diz o sr. que não conhece, ou que não reconheceu, esse indivíduo?»

«Não é que não reconheci, é que realmente não conheço. Sou muito previsto, tanto para caras, como para figuras e modos de andar. Eu não vi esse indivíduo muito bem, mas posso garantir-lhe que é pessoa que nem de vista conheço. Causa-me admiração porque conheço quase toda a gente que o Monteiro conhece.»

«Que tipo tinha? Se o sr. o visse outra vez, reconhecia-o?»

«Isso talvez não. O mais que poderia dizer, se me mos[trasse] alguém perguntando se é ela, é dizer que se parecia ou não com ele, ou que é pouco mais ou menos do mesmo tipo. Bem vê, sr. Chefe Guedes, eu sou muito previsto, mas, é claro, é para as caras e figuras que vejo bem, pelo menos uma vez. Este, vi-o mal.»

«Mas que tipo tinha, tanto quanto pôde ver?»

«Era um homem novo — não tão novo como eu ou o Álvaro —, mas, pelo ar geral, corpo e o que lhe pude ver da cara, que foi quase nada, deveria ser homem para já perto dos trinta anos, ou mesmo trinta anos.»

«Perfeitamente. E estatura, traje e o que lhe viu da cara?»

«Era um homem alto — um pouco mais alto que o Álvaro, que é…, que era…, mais ou menos da minha altura. Era também mais forte que o Álvaro, e isso foi talvez uma das coisas que me fez achá-lo assim mais velho que nós. Da cara vi pouco, não só por causa da luz, mas porque ele trazia um chapéu de feltro mole — preto ou bastante escuro — puxado um pouco sobre os olhos. Reparei por junto que tinha óculos, destes de aro de tartaruga, um perfil um pouco em estilo quase judeu.»

«É um perfil vulgar em portugueses...»

«É... E que tinha um bigode escuro, mas não vi bem se pequeno se grande: parece-me mais entre as duas coisas.»

«Bigode com guias ou cortado? Isso naturalmente não pôde ver.»

«Não, não pude. Vi que tinha bigode pela sombra no lábio superior.»

«Perfeitamente. E ainda assim observou alguma coisa.»

«Eu sou naturalmente observador, e fez-me uma certa espécie quem seria esse indivíduo, que eu nunca tinha visto, nem com o Álvaro nem sem ele, e que surgia daquela maneira e naquele lugar. É claro que nem por sombras me passou a ideia de que pudesse haver naquilo qualquer coisa terrível. E nem mesmo suponho. O Álvaro não tinha inimigo de espécie alguma. Nem era pessoa para ter inimigos, nem mesmo os tinha. Íntimos como éramos, eu sabia toda a vida dele, e se ele tivesse qualquer inimigo, eu saberia.»

«Se ele os soubesse... A gente pode ter inimigos sem saber.»

«Mas ele não era de feitio a criar inimigos...»

«Os inimigos também se criam sem feitio, meu rapaz... Enfim, temos que ao sr., o mais íntimo amigo do Monteiro, não consta que ele tivesse inimigos, ou que houvesse razão para ele os ter — não é assim?»

«Perfeitamente.»

«Então vamos a outra coisa... Durante esse dia, ou durante a sua última conversa com ele, houve alguma coisa que ele dissesse, ou qualquer atitude que ele tomasse, que pudesse dar ideia de que ele pensava, por vagamente que fosse, no suicídio?»

A expressão negativa do depoente foi quase violenta.

«Nem nessa conversa, nem em nenhuma outra conversa, nem em nenhuma ocasião desde que nos conhecemos, e conhecíamo-nos desde os dez anos, do colégio. Sr. Chefe Guedes, quanto a inimigos, será como o sr. diz, mas nesse ponto do suicídio é que lhe garanto absolutamente que não pode ser. Nem ele tinha essa tendência, nem nunca falou em suicídio, a não ser a propósito de uma ou outra notícia de jornal ou qualquer coisa assim, como o Sr. Chefe Guedes poderia falar. E de mais a mais, se havia ocasião em que ele, que era sempre alegre, andava ainda mais alegre, era nesta. Não sei se sabe: ele ia casar de aqui a uns seis meses...»

«Ah, ia? Com quem? Conhece a rapariga?»

«Conheço. É uma rapariga muito linda, muitíssimo simpática, muito boa...»

«Olhe, já aí tem um motivo para possíveis inimizades. Não sabe se ele tinha rivais — não no sentido de indivíduos entre quem e ele a rapariga hesitasse...»

«Ah, isso não...»

«Deixe-me falar, homem! Não nesse sentido, mas no sentido de pretendentes à rapariga, embora corridos por ela (o que é pior), e que pudessem ter ciúmes dele, e tanto mais ciúmes quanto mais corridos por ela tivessem sido? Conhece bem a rapariga? Conhece a família dela? Conhece os conhecidos dessa família? Conhece as pessoas com quem ela lida, à parte conhecidos dela e da família? Ela o que é — trabalha em qualquer coisa?»

«É caixa de um estabelecimento na Rua da Prata.»

«Firma e número, sabe?»

«Sei: Pinto e Angeja. Rua da Prata---.»

O Chefe Guedes tomou nota.

«Conhece a gente que trabalha também nesse estabelecimento?»

«Olhe, sr. Chefe Guedes, eu, francamente, só conheço a rapariga. Entrei só uma vez no estabelecimento onde ela trabalha (é uma loja de modas ou coisa parecida), e foi para lhe levar uma carta do Álvaro, que estava de cama com gripe. Não reparei nas outras pessoas que estavam na casa. Quanto à família dela, não conheço ninguém, nem de vista. Sei que ela tem os pais ambos vivos e que tem dois irmãos, um que está emigrado político em Espanha já há anos, e um outro que está cá. Mas nem sequer vi qualquer dessas pessoas.

«Pelo Monteiro nunca soube nada de possíveis rivalidades?»

«Nunca, absolutamente nunca.»

«Ele era pessoa para lhe falar no assunto? Sabe que há certas pessoas que, por temperamento, reservam certas coisas, às vezes até sem importância, dos amigos mais íntimos?»

«O Álvaro nunca me reservaria uma coisa desse género. Nas coisas mais íntimas se aconselhava comigo, ou, antes, vinha-me falar e nós discutíamos o que quer que fosse.»

«As famílias, de parte a parte, gostavam do casamento?»

Pela primeira vez, em todo o depoimento, o Lopes teve uma hesitação.

«Da parte dele, a família, por assim dizer, era só a mãe que é viva. Essa gostava do casamento e gostava da rapariga, que de vez em quando jantava em casa deles. Só tinha pena que a família dela fosse de livres-pensadores e de republicanos. O pai parece que é *maçon*. Mas a mãe gostava do casamento.»

«Então a oposição é lá da parte dos livres-pensadores?»

O depoente refletiu um pouco.

«Oposição, oposição... não direi. Mais ou menos a mesma coisa que o que sentia a D. Adelaide — a mãe do Álvaro —, a respeito da rapariga, mas pela razão oposta e talvez um pouco mais acentuada. Tanto não havia verdadeira oposição que a rapariga, que ainda será menor de aqui a seis meses (fará vinte anos por essa altura), casa, é claro, com consentimento dos pais, e, já se vê, casa também religiosamente.»

«Bem, se é assim, não há oposição verdadeira da parte dos pais da rapariga? E da parte dos irmãos? A oposição desses não vale para estorvar o casamento, mas pode ser apesar disso, e até por isso, bastante grande. Sabe alguma coisa dos dois irmãos, à parte o que me disse de um deles estar emigrado em Espanha por motivos políticos?»

«Não. Sei só isso, e que o irmão que está cá é empregado num escritório da Baixa, não sei qual, e que é ajudante de guarda-livros lá, e que o tempo que não está no escritório ou a comer em casa, passa-o na Brazileira do Rocio a discutir política. Não sei mais nada. Isto é o que eu sei pelo Álvaro. Ele não gostava muito de falar neste irmão da rapariga que cá estava, porque deste é que vinha a maior oposição ao casamento. Contava-me o Álvaro que esse rapaz se indignava que uma irmã dele casasse com um jesuíta... "Logo com um jesuíta", contou-me o Álvaro que ele dizia. A rapariga é que lhe contava isto. Ah, e sei além disto uma coisa só — que esse irmão se chama Manuel, Manuel Cunha portanto, pois a rapariga é Alice Cunha.»

«Muito bem. Disse o sr. que não conhecia nem de vista ninguém dessa família Cunha, exceto a rapariga. Mas pode ser que o Monteiro lhe tivesse alguma vez feito, por exemplo, uma descrição do tipo físico desse tal Manuel...»

«Não, nunca fez.»

«O Monteiro dava-se com esse Manuel Cunha?»

«Conhecia toda a família da rapariga, à parte o irmão que está em Espanha. Ele e o Manuel Cunha falavam-se, mas se pudessem não se falar, faziam-no. Quando o Álvaro ia jantar a casa da rapariga, o Manuel Cunha fazia o possível por jantar fora. Mas falavam-se, friamente é verdade, mas falavam-se. Parece que o Cunha, por amizade pela irmã, não queria levar as coisas a ponto de a ofender. Com o pai e a mãe da Alice já o Álvaro se estava dando muito bem; isto é, com a mãe nunca se deu mal...»

«É verdade — é quase escusado perguntar-lhe, mas não quero deixar de o fazer: não poderia ter surgido qualquer complicação a estorvar o casamento, ou qualquer zanga com a rapariga?» (O Chefe Guedes viu logo a negativa formal a desabrochar na cara do depoente.) «Está bem, já compreendo que não houve... Então, em sua opinião, não pode de modo algum tratar-se de um caso de suicídio; e parece-lhe também que não deve poder tratar-se de um caso de homicídio?»

«Exatamente, sr. Chefe Guedes.»

«Bem, vamos agora à hipótese desastre. Disseram-me que, quando os srs. ambos saíram das Juventudes, tinham bebido um pouco a mais. É verdade? Não se envergonhe de o dizer. Tem-me sucedido isso muitas vezes.»

«Sim, sr. Chefe Guedes, ambos tínhamos bebido um pouco de mais, o Álvaro um pouco mais do que eu, mas nenhum de nós estava bêbado. Com o passeio até casa, passou tudo, tanto a ele como a mim. Estávamos ambos perfeitamente bem quando nos despedimos à porta de minha casa. A única coisa que tínhamos era um pouco de sono.»

«Ótimo. Agora outra coisa: o seu amigo estava no hábito, mesmo à noite, de dar aquela volta pela beira do rio? Que a dava várias vezes de dia sei eu, mas de noite…?

«Pois olhe, sr. Chefe Guedes, é a primeira vez que oiço dizer que ele dava essa volta, ou de noite ou de dia. Tanto assim que me fez uma terrível confusão a notícia de ele ter aparecido morto ali. Se fosse um desastre de automóvel em plena rua, isso compreendia.»

«Então o sr., que andava quase sempre com ele, nem passou por ali nunca com ele nem sequer sabia que ele às vezes por ali passava?»

«Não, sr. Chefe Guedes, garanto-lhe que não sabia. O caso não era tão importante que ele tivesse necessidade de me contar esse hábito, se é que o tinha. De mais a mais, há uma coisa: a nossa vida era toda na Baixa e a casa dele está mais longe da Baixa do que a minha. De modo que, vínhamos da Baixa juntos?, eu ficava à porta da minha casa e ele seguia para casa; íamos para a Baixa juntos?, ele passava por minha casa e eu ia com ele. Por isso, apesar da nossa amizade, ao passo que ele vinha todos os dias, e quase sempre duas vezes, a minha casa, ou passava por lá, podem contar-se as vezes que eu estive em casa dele, sobretudo desde que ele morava ali, que era só há dois anos e meio.»

«Muito bem, já compreendo. Parece-me que, pelo menos por agora, não quero mais nada de si. O sr. foi muito claro e explícito em tudo quanto disse, e eu gostei muito disso. Não há mais nada que lhe ocorra que possa talvez lançar mais alguma luz — aliás por enquanto não há nenhuma — neste assunto?»

«Não, sr. Chefe Guedes, não me lembro de nada. Creio que tudo quanto sei foi dito em resposta às suas várias perguntas...»

«Bom. O seu nome e morada tenho eu. Onde está empregado? É para eu saber, para qualquer coisa urgente...»

«No Laboratório Mitchell. Sou lá uma espécie de ajudante dos analistas. É na Rua Ivens, 33, 2.º. Telefone...»

«Não importa, deve estar na lista...»

«Está, sim senhor.»

«Pois então, fica isto combinado — e não falte! — esteja aqui logo às 5 da tarde, em ponto. Não pergunta lá fora por mim, mas pelo Agente Ramos, que é aquele senhor. (E apontou um homem atarracado e louro que, todo o tempo do depoimento, estivera escrevendo a uma mesa ao canto.) Bem, não falte. Adeus.»

E o Chefe Guedes apertou a mão ao rapaz.

«Mal ele saiu, o Guedes olhou para o agente, que instintivamente levantou os olhos para ele.

«Olha lá, ó Ramos, aí pela três e meia, tu, ou outro, vai à casa Pinto & Angeja, Rua da Prata,..., e traz-me aqui a menina Alice Cunha, que é lá caixa. Dizes francamente que é para ela vir cá prestar declarações sobre a morte do noivo, e que a maçaremos o menos possível. Faz com que ela venha imediatamente; mete-la num táxi e corres com ela para cá. Explica isto na loja, para não haver mal entendidos. Não a deixes falar ao telefone; para evitar isso, arranja-te como puderes.»

«É claro que pode falar por ela ao telefone outra pessoa depois de ela sair.»

«Temos de correr esse risco, se é que o é. Mas não creio que isso se dê. Bem: quando a trouxeres, trá-la imediatamente para aqui. Quando às cinco vier outra vez este rapaz Lopes que aqui esteve...»

«Levo-o para a sala aqui ao lado...»

«Exatamente...» O Chefe Guedes levantou-se e espreguiçou-se. «Olha lá, ó Ramos: ouviste este depoimento?»

«Ouvi. Ia escrevendo isto mas ia ouvindo tudo. O rapaz explica-se bem e aquilo soa tudo certo.»

«Soa certo, soa. Que te parece o caso?»

«O caso, para lhe dizer a verdade, não tem boa cara.»

«Não tem, não. Aquela surpresa do desconhecido que veio lá do escuro falar ao Monteiro, pode ser que apenas minutos antes da morte dele, não me agrada nada. Estou com uma certa curiosidade em ver que ventas usa o sr. Manuel Cunha. Mas primeiro temos que proceder a uma ligeira inquisição à mana. Não me agrada muito, se ela é como este rapaz Lopes a descreve. Mas o caso está de maneira que se não pode perder tempo.»

E para o contínuo que entrara, a entregar-lhe uma carta: «Olha, ó Nunes, tu que és um santo, vais ali comprar-me imediatamente dois maços dos cigarros do costume...»

♦

«Esses dois pontos capitais, como você compreende, para a solução do caso, são: o estado muito, pouco ou já nada alcoólico, em que o Monteiro chegou com o Lopes à porta da casa deste; e a existência de determinado indivíduo que se encontrou com o Monteiro a curta distância da casa do Lopes.

«O ponto principal deste problema, o elemento criador de tudo que nele há de complicação, é o depoimento desse rapaz Lopes. É um depoimento que, em dois pontos, é singular; quero dizer inverificável por um depoimento alheio versando os mesmos pontos. Esses pontos duvidosos, porque singulares, talvez pouco valessem se não fosse que há três passos desse mesmo depoimento que são em si mesmos de ordem a levantar a nossa desconfiança quanto à veracidade do depoimento inteiro.

«O primeiro é o de o Lopes, amigo íntimo do Monteiro, ignorar que ele tinha por costume, como manifestamente tinha, o passar muitas vezes, a caminho para ou de casa, pelo cais. Durante os dois anos e meio que o Monteiro morava naquela casa, e durante os quais via o Lopes todos os dias, não haveria uma única vez que lhe falasse na sua predileção, pelo menos ocasional, por aquele caminho? Não é crível; e, se não é crível, a omissão do Lopes foi propositada. Registremos esse primeiro facto.

«O segundo é o de o Lopes, andando constantemente com o Monteiro, não conhecer de vista o Manuel Cunha. Nunca, indo juntos os dois, cruzaram na rua, durante não sei quantos anos, com o Manuel Cunha? Nunca, indo juntos os dois, viram alguma vez o Manuel Cunha — segundo este informa — atravessar a rua, ao ver o Monteiro, para não ter que lhe falar? E nunca, em um caso ou outro, o Monteiro teria dito ao Lopes — que de si mesmo dizia ser "muito previsto" — "Olha, aquele é o meu futuro cunhado", "Olha aquele é o meu cunhado que me não pode ver"? Não é crível, meu caro Guedes; e, se não é crível, a omissão do Lopes foi propositada. Registremos esse segundo facto.

«O terceiro é que, em apoio, por assim dizer negativo, a este segundo, a descrição, que o Lopes fez, do misterioso estranho, coincide, nas linhas gerais naturais e suficientes, com a figura do tal Manuel Cunha, que, inexplicavelmente, ele nunca chegara a ver. Dois factos anormais — omissões que se não explicam — encontram-se acrescidos por um facto naturalmente anormal — uma coincidência. É muita coisa junta, ó Guedes!

«Havendo pois estas razões para que desconfiemos da veracidade do depoimento do Lopes, registremos as razões, e passemos a examinar o assunto à luz de outros depoimentos, e como se o Lopes não existisse. O que é que, na ausência desse depoimento, naturalmente concluiríamos que tinha sucedido?

«Temos um rapaz pouco acostumado a beber, e que, naquele dia, ou naquela noite, bebeu demais. O próprio Lopes, aqui aceitável porque tem confirmação de terceiros, diz que o Monteiro bebeu mais do que ele, mais habituado ao álcool. O natural é que, ao chegar à porta de casa do Lopes, este, o Lopes, já estivesse bom; seria porém, muito de estranhar que o Monteiro o estivesse. E é precisamente aqui que se dá uma das declarações singulares, isto é, inverificáveis, do Lopes — a de o Monteiro estar já bem também.

«Temos um rapaz acostumado a ir, com frequência, para casa pelo cais, por, diz a noiva, gostar daquele ar fresco. Não costumava nunca ir de noite, mas nessa noite estava provavelmente bêbado. E, estando bêbado, ocorrer-lhe-ia naturalmente o buscar, a caminho de casa, um lugar fresco — o seu lugar fresco naquele caminho, ou seja o caminho ao longo do cais.

«O que sucederia não sei, nem posso presumir. Mas multiplicando os fatores bebedeira, beira de cais e noite bastante escura, não é difícil obter o produto que o Guarda 24 da 3.ª recolheu na manhã seguinte. Um simples desequilíbrio ou passo em falso? Um tropeção em qualquer pedra ou estaca, com a incapacidade alcoólica de reagir rapidamente? Isso não poderemos saber. Mas a hipótese, assim formulada, ajusta-se à máxima probabilidade dos factos. Reforça-a a improbabilidade, acentuada por todos, do suicídio. Reforça-a a improbabilidade manifesta do homicídio, a dentro dos dados que possuímos, pois ninguém aparece suficientemente interessado em ir a tais extremos com o pobre Monteiro, nem com razão suficiente para assim estar interessado.

«A máxima probabilidade é, pois, que o Monteiro morresse de um desastre, motivado pelo seu estado alcoólico de ocasião, e pela infeliz circunstância de esse estado alcoólico o levar a ir passear a um local habitual perigoso, sobretudo para quem está nesse estado.

«Ora o que é que inequivocamente se destaca do depoimento do Lopes, eliminados os pontos duvidosos? Isto em primeiro lugar: que gostava muito da futura noiva do amigo (é isso ou não é que naturalmente se depreende do modo como você me diz que ele se referiu a ela?)

«Que era muito amigo do Monteiro, o que várias circunstâncias, incluindo o seu desmaio e o seu abatimento, não permitem pôr em dúvida.

«Que sabia que um dos obstáculos levantados ao casamento do Monteiro fora a oposição, frustrada por fim mas sempre firme e inegável, do Manuel Cunha.

«De aqui se conclui que, morto o amigo por um desastre, ou, para o caso, por qualquer motivo que fosse, lhe ficava, sem quebra de amizade, a possibilidade de pretender a casar com a noiva do amigo; que, visto que estava em iguais circunstâncias religiosas que o amigo, senão ainda em piores, por ser mais intensamente religioso, a oposição do irmão da rapariga se manteria ou se intensificaria; que as circunstâncias da morte do amigo lhe ofereciam uma oportunidade, procurando bem, de resolver pelo menos parte do problema.»

«Já estou vendo, doutor!"

«É claro. Teve um dia inteiro de cama, em sossego, para formar o seu plano. E devo dizer que o formou admiravelmente. Quero crer que a você enrolou ele — desculpe, ó Guedes, a expressão.»

«Não há que desculpar. Enrolou-me a valer. Pobre diabo! Não lho levo a mal. E era realmente simpático...»

«Simpático e inteligente. Para um rapaz tão jovem, o seu comando das circunstâncias e a sua utilização delas são de um verdadeiro estratégico.

«Que fez ele? Habilmente, subtilmente, arranjou maneira de, desde que viu que se podia admitir a possibilidade de um crime, atirar com a responsabilidade do crime para cima do Manuel Cunha, eliminando assim, com uns anos possíveis de Penitenciária ou Degredo, o principal obstáculo que se lhe apresentaria para um presumível casamento, como se havia já apresentado ao amigo morto. E assim inventou — estou certo disso — o não-alcoolismo, que nenhum testemunho de terceiros poderia contradizer, do Monteiro ao deixá-lo à porta de casa; inventou a existência do tal indivíduo misterioso, que vestiu dos sinais salientes do Manuel Cunha; calculou, sem dúvida, por saber que o Cunha era um pândego e um conspirador (seria difícil que o Monteiro, sobretudo em horas de revolta, lhe não tivesse dito tudo isso), que seria difícil a esse estabelecer um álibi, ou por estar conspirando, ou por não se lembrar onde estava, ou por andar com companhias cujo testemunho a polícia não poderia ter por muito valioso. Calculou tudo isto, e nestas bases construiu a sua história, tendo o cuidado de insinuar o seu desconhecimento do físico do Cunha e do costume de o amigo passar pelo cais — coisas estranhas, se pensarmos nelas mas, se não refletirmos muito, perfeitamente aceitáveis, como ele lhas tornou, a você, quando depôs.»

«Exatamente.»

«Marcou perante você. Conseguiu a detenção do Cunha. Deve ter ficado, ao mesmo tempo, exaltado e receoso. Exaltado pelo princípio manifesto da sua vitória; receoso porque sabia bem o pecado que estava cometendo. São curiosas estas naturezas em que uma grande intensidade de emoção se junta a uma grande subtileza da inteligência. São capazes de extraordinários crimes, desde que não sejam de violência, e de formidáveis arrependimentos, que podem ir até à violência contra eles mesmos. Assim era, creio eu, e pela descrição que você me fez, esse pobre rapaz.»

O dr. Quaresma parou um momento.

«Nesta altura intervejo», continuou numa voz branda, «essa coisa incompreensível a que chamamos por vezes a Providência. E a maneira como a Providência, neste caso punidora, se manifestou foi a conferência do Padre José Martins, ou, antes, o facto de o Lopes, para se distrair um pouco, resolver ir a ela.»

«Essa parte é que é noite escura para mim, doutor. Nem posso imaginar o que tenha a conferência com isto tudo.»

«É nesse estado de exaltado e receoso que o Lopes vai ouvir a conferência do Padre Martins. E sobre que é essa conferência? Sobre os preceitos da Cavalaria da Idade Média, sobre os preceitos da lealdade e da honra, ainda que com sacrifício próprio, como preceitos, por igual, do guerreiro nobre e do cristão. E ele, o falso denunciante, o traidor reles — assim de facto foi, e assim se sentiria — ouve, na voz vibrante desse padre que é ao mesmo tempo um santo e um soldado, a condenação, como que dita diretamente por Deus (assim a deve ele ter sentido) do que, horas antes, lhe pareceria a sua habilidade, mas agora deveria ver que era a sua vileza.

«Estou vendo o que se seguiu. Foi para casa, e, alegando dores de cabeça — aliás naturais depois das comoções recentes —, passou a noite em claro. Levantou-se e disse que ia à confissão, e foi. Mas não foi à confissão à Igreja do costume, ou a qualquer igreja; foi confessar-se ao Padre Martins em casa dele. Isto, é claro, envolve um certo corolarismo — deixa você passar a frase; mas parece-me que, do que expus antecedentemente se pode deduzir, da parte do rapaz, qualquer coisa muito parecida com isto.»

«Absolutamente, doutor. E isso explica até a sua ausência da confissão, e o não se saber onde estaria durante esse tempo. Está claro que, sem conhecer esses seus argumentos, eu não me poderia lembrar do Padre Martins.»

«Claro... O rapaz vai a casa do Padre Martins, confessa-se a ele — não sei sacramentalmente ou pessoalmente, porque não ando a par dessas coisas, nem de como se fazem. E agora, ó Guedes, vem a tragédia. O que calcula você, se isto se passou assim, que o Padre Martins teria indicado, ou até intimado, ao Lopes que fizesse? O que é que o Padre Martins, cristão e soldado, leal, austero e duro, terá dito a esse rapaz que fosse fazer, e fazer já?»

«Não custa a adivinhar, doutor... Vir ter com a polícia e confessar que tinha mentido e intrujado... Se não é isso...»

«É isso mesmo, está claro... E que efeito lhe parece que essa indicação formidável — formidável de executar — teria tido num espírito já de diversos modos desorientado?»

«Não diga mais, doutor: o suicídio.»

«O suicídio, sim, meu caro Guedes. O suicídio imediato, impulsivo, irrefletido, pela impossibilidade humana de qualquer solução a um problema desses.»

Houve uma breve pausa na conversa.

«Acha que o caso está resolvido, ó Guedes?»

«Absolutamente resolvido. Está tudo claro como água.»

«O que não está é inteiramente provado, mesmo para você e para mim. Este problema de xadrez, tal qual você mo trouxe, é para mate em dois lances. Este é o primeiro lance — o mais difícil. O segundo lance é já fácil. Esse compete a você e consiste simplesmente nisto: ir a casa do Padre Martins e saber se o Lopes esteve lá na quinta-feira de manhã. Basta esse simples facto, considerando que o Lopes não conhecia o Padre Martins, para dar à probabilidade do meu argumento um relevo súbito de verdade.»

O Chefe Guedes levantou-se.

«Vou já a casa do Padre Martins. Primeiro vou saber onde é e depois vou lá já. E vou ver se obtenho uma confirmação mais completa do que essa, que já seria bastante.»

«Ó Guedes, você não supõe que arranca a um homem desses um segredo da confissão?»

«Talvez arranque, doutor, talvez arranque... Essa parte é cá comigo. O doutor já sabe que, em eu recebendo de si a ideia geral, a ideia particular não me falta... Doutor, dê-me licença que me vá embora. Muito e muito obrigado. Até breve e a continuação das melhoras.»

# NOTAS

Nota Introdutória

[1] «Um dos poucos divertimentos intelectuais que ainda restam ao que ainda resta de intelectual na humanidade é a leitura de romances policiais.» (in *Páginas Íntimas e de Auto-Interpretação*. Seleção e prefácio de Jacinto do Prado Coelho e Georg Rudolph Lind, Lisboa, Ática, 1956, p. 62).

Prefácio

Primeira publicação: documentos $27^{16}W^2$-26 e 26v., *Il Caso Vargas*, ed. e tradução de Simone Celani, Viterbo, Albatros Il Filo, Maio 2006; documento $27^{16}W^2$-37, «Notas para a criação da novela policial em Fernando Pessoa», Fernando Luso Soares, *Investigação, Revista Mensal de Ciência e Literatura Policial*, Lisboa n.º 1, maio de 1953. Outros documentos, *Quaresma, Decifrador, As novelas policiárias*, edição de Ana Maria Freitas, Lisboa, Assírio & Alvim, 2008.

[1] O nome escolhido neste texto inicial é *Ambrósio*; var. sobrep.: *Abílio*.

[2] Var. subposta a *vaidade: reserva*.

[3] Var. na linha, entre parênteses, para *artifícios da fatalidade: os estoques da fatalidade*.

O Caso Vargas

Primeira publicação: Fernando Luso Soares, *Investigação, Revista Mensal de Ciência e Literatura Policial*, Lisboa n.º 1, maio de 1953: documentos BNP, E3, 99-21 a 25v.; $27^{14}V^2$-11 a 14, 85 a 87. Fernando Pessoa, «O Caso Vargas», decifração e organização de Ana Maria Freitas, *Mealibra* 13, série 3 (inverno 2003/2004), Centro Cultural do Alto Minho, Viana do Castelo, pp. 12 a 14: $27^{14}V^2$-78, 49, 38 a 40v.; $27^{15}V^2$-16.

Fernando Pessoa, *Il Caso Vargas*, ed. e tradução de Simone Celani, Viterbo, Albatros Il Filo, maio 2006: $27^{15}V^2$-5, 6, 8, 8v, 10, 10v., 14, 19, 20, 27; $27^{14}V^2$-1, 24, 24v., 29, 29v., 41 a 42,61, 61v. 88, 91 a 92v.; 99-26, 26v.

Fernando Pessoa, *Quaresma, Decifrador*, edição de Ana Maria Freitas, Assírio & Alvim, Lisboa 2008: $27^{15}V^2$-16; $27^{14}V^2$-38 a 40v., 78. Os títulos dos capítulos são da responsabilidade do editor, com base no manuscrito 27(14)V(2)-74.

[1] Var. na linha, entre parênteses rectos, para *a inteligência*: *o intelecto*.

[2] Var. sobrep. a *lógico*: *harmónico*.

[3] Var. sobrep. a *prolongamento*: *desenvolvimento*.

[4] Var. sobrep. a *verdade*: *realidade*.

[5] Var. sobrep. a *quer*: *ama*.

[6] Var. sobrep. a *caiu*: *espalhou-se*.

O Pergaminho Roubado

1.ª publicação: Fernando Pessoa, *Quaresma, Decifrador*, edição de Ana Maria Freitas, Assírio & Alvim, Lisboa 2008.

O Caso da Janela Estreita

1.ª publicação: Fernando Luso Soares, *Investigação, Revista Mensal de Ciência e Literatura Policial*, Lisboa n.º 1, maio de 1953: documentos BNP, E3, 99-21 a 25v.; $27^{14}V^2$-11 a 14, 85 a 87.

A Morte de D. João

1.ª publicação: Fernando Pessoa, *Quaresma, Decifrador*, edição de Ana Maria Freitas, Assírio & Alvim, Lisboa 2008.

[1] No documento, o nome da vítima é Valle. Optou-se por utilizar a variante Branco, por surgir com mais frequência.

[2] Var. sobrep. a *autopsiantes*: *médicos*.

[3] Var. na linha, entre parênteses, para *mas sei*: *mas era como se visse*.

A CARTA MÁGICA

1.ª publicação: Fernando Luso Soares, *Investigação, Revista Mensal de Ciência e Literatura Policial*, Lisboa n.º 1, maio de 1953: documentos 99-10 a 19; 27²E-23.

Fernando Pessoa, *Escritos sobre Génio e Loucura*, edição de Jerónimo Pizarro, Edição Crítica de Fernando Pessoa, Série Maior, Volume VII, Tomo II, Imprensa Nacional-Casa da Moeda, Lisboa, 2006: documentos 27²E-20, 21.

Fernando Pessoa, *Quaresma, Decifrador*, edição de Ana Maria Freitas, Assírio & Alvim, Lisboa, 2008: documentos 27²E-2, 11, 13, 16 a19v., 22, 22v. 23v. a 25, 43, 45.

[1] Var. sobrep. a *lá segundo a mentalidade dela: necessário para ela*.

CRIME

1.ª publicação: Fernando Pessoa, *Quaresma, Decifrador*, edição de Ana Maria Freitas, Assírio & Alvim, Lisboa 2008.

[1] Var. sobrep. a *acabou: assinou*.

[2] Var. sobrep. a *de natureza: de si mesmo*.

# ÍNDICE

*Nota introdutória* .................................. 7

Prefácio ............................................ 13
O Caso Vargas ..................................... 23
O Pergaminho Roubado ........................... 79
O Caso da Janela Estreita ......................... 89
A Morte de D. João ............................... 101
A Carta Mágica ................................... 123
Crime ............................................. 165

*Notas* ............................................. 191

PESSOA BREVE

*Poemas Escolhidos de Alberto Caeiro*

*Odes Escolhidas de Ricardo Reis*

*Poemas Escolhidos de Álvaro de Campos*

*Cancioneiro: Uma Antologia*

Mensagem *e Outros Poemas Sobre Portugal*

*Poemas Esotéricos*

*Livro do Desassossego*

Sobre *Orpheu e o Sensacionismo*

*Prosa Escolhida de Álvaro de Campos*

*Contos Escolhidos*